PROYECTO CARRIE

Una antología en homenaje a Stephen King

Hemil García Linares (Editor)

PROYECTO CARRIE

Una antología en homenaje a Stephen King

Hemil García Linares (Editor)

Alberto Chimal
Yuliana Cruz
Evelyn A. Velázquez
Violeta García
Magdalena López Hernández
Hemil García Linares
Iñaki Sainz de Murieta
Randolph Markowsky
Tania Huerta
Tery Logan
Solange Rodríguez Pappe
Marcela Ribadeneira
Gerardo Lima Molina
Carolina Herrera

ISBN: 978-1-7366048-1-6

Editor: Hemil García Linares

Diagramación y diseño interior: Suzanne Islas

Ilustración de portada: Miranda García

Página del editor: www.hemilgarcia.com

Contactar a la editorial:

editorialraiceslatinas@gmail.com

Facebook: https://www.facebook.com/Editorialraiceslatinas

Instagram: @editorialraiceslatinas

Editorial Raíces Latinas-Domus Gothica es un sello editorial independiente con sede en Virginia, Estados Unidos.

Índice

Proyecto Carrie
Prefacio

Hemil García Linares

Para nadie es un secreto que King es un escritor muy resistido al mismo tiempo que una inmensa legión de seguidores lo idolatra. Hay sin embargo, una verdad sin discusión: es un autor prolífico y exitoso. *Later*, su más reciente thriller, se publicó en marzo de 2021 y en apenas semanas se convirtió en el Best Seller #1 del New York Times. En agosto de este mismo año aparecerá la novela *Billy Summers*.

Hace unos días un colega me preguntó qué estaba leyendo recientemente y le contesté que estaba estudiando a King. Su réplica adornada de sarcasmo fue: ¿estudiarlo?, pero sus libros son tan simples, ¿qué es lo que estudias? Mi comentario muy corto fue que King es un autor contemporáneo de lenguaje directo y plano cuyo éxito de manera precisa se basa en decir lo que desea sin tanto preámbulo.

King ha sostenido que "la historia manda por sobre todo" y para él es la piedra angular al narrar. King se define a sí mismo como un autor popular y aunque afirma con seguridad saber de lingüística (tiene un título en enseñanza de inglés y fue profesor) dice que para estos menesteres no lo llaman a él sino a Updike. Lo suyo es el *popular fiction*. Vaya que King es un autor popular y cuando se lo propone da golpes certeros con cada palabra. Comparto un dato puntual de Stephen Spignesi (estudioso de King) sobre la novela corta *La niebla*. En *La niebla* (según Spignesi), King creó uno de las mejores inicios de todos los tiempos: "esto es lo que ocurrió".

Cualquiera que lea *La niebla* podrá notar que es una novela corta, intensa, que no deja respiro y que se lee de un tirón, justamente como deben leerse algunos textos, afirmaría Poe. El lenguaje está en constante movimiento y la forma de narrar de este milenio pareciera también sufrir una transformación. Del lenguaje grandilocuente y extenso del gran y querido Poe se ha pasado a un lenguaje más directo. De la prosa extensa y llena de adverbios y adjetivos del controversial y admirado Lovecraft, se narra de manera frontal: "esto es lo que ocurrió".

Desde mi punto de vista, el lenguage directo de King no es el único acierto del autor. King ha sabido darle voz a seres anónimos que de otra manera jamás hubieran cobrado vida. Revisando unas declaraciones de Stephen King para el Paris Review (según figura en Stephen King *American Master* de Stephen Spignesi), el autor sostiene que: "si retrocedes y revisas los libros desde *Carrie* hasta la actualidad lo que verás es una observación de la clase media común".

En *The Shining* (*El resplandor*), quizás su mejor libro, King hace un homenaje a Poe y a "La mascara de la muerte roja". *The Outsider* (*El extraño*), según el mismo autor, juega con el tema del Doppelgänger como en uno de los cuentos de Poe: "William Wilson" (uno de los preferidos de Cortázar, otro admirador y estudioso de Edgar Allan Poe). Yendo más allá y analizando el libro *If It Bleeds* (*La sangre manda*) tiene novelas cortas interesantes y de buena prosa como *Mr. Harrigan's Phone* (*El teléfono del señor Harrigan*) y la misma *La sangre manda*. En este última novela corta existe una mención a una frase del cuento "El barril de amontillado" de Poe: *Nemo me impune lacessit* (nadie me ofende impunemente). Tantas menciones a Poe no son gratuitas, el homenaje al autor del famoso poema "El cuervo" es evidente y también la prosa que intenta en todo momento mantener una atmósfera de tensión, que es la base del horror según Lovecraft.

En *If It Bleeds* (e incluso en su último thriller *Later*) nos hallamos ante trabajos relativamente cortos, algo que se condice con el prefacio del libro *On Writing* (traducido de manera imprecisa como *Mientras escribo*) en el que King sostiene: "This book is short because most books about writing are filled with bullshit" (este libro es corto porque la mayoría de los libros sobre escritura están llenos de estupideces). Basta leer *On Writing* y algunas de sus obras para notar que King es un lector ávido y ello casi le conmina a ser prolífico. Las citas a Joyce, Poe y Lovecraft no son decorativas.

¿King tiene novelas malas? Por supuesto que debe tenerlas. El mismo King confirmó esto en una entrevista el 31 de octubre de 2014 en *Rolling Stone* en la que afirmó: "*Tommyknockers* es una novela horrible [...] hay un libro ahí debajo de toda la energía espuria que la cocaína provee [...] el libro tiene 700 páginas, y estoy pensando que, 'probablemente, hay un buena novela de 350 páginas dentro' ".

Otro libro de King que merece mención aparte es *Night Shift* (*El umbral de la noche*), su primer libro de cuentos publicado en 1978. Solamente de ese libro se han hecho varias películas y cortometrajes, basadas en los cuentos: "Jerusalem's Lot", "The Boogeyman", "The Children of the Corn", "Trucks", "The Mangler", "Sometimes They Come Back".

Algunas de las películas basadas en la obra de King han sido, asimismo, muy elogiadas: The Green Mile (Frank Darabont), The Shinning (Stanley Kubrick), Stand By Me (Robert Norman Reiner) y Carrie (Bryan de Palma), entre otras. La pregunta para aquellos que afirman que la obra de King no es un autor relevante sería: ¿Cómo es posible que tantos cineastas de prestigio "desperdicien" todo su talento en recrear obras de King que "carecen" de valor?

La razón de esta antología responde al deseo de homenajear al autor contemporáneo de Horror más notable de los últimos cincuenta años. Considero que de aquí a cien años se estudiará a King con la misma devoción que a Poe y Lovecraft y que tiene todos los argumentos para ser considerado uno de los autores más relevantes de Horror del milenio.

Un segundo propósito es mostrar el trabajo en español de autores de América y España que admiran a Stephen King y que precisan de espacios para llegar a más lectores y a otras latitudes. El género en español, es sabido, no cuenta con la misma presencia que el Mainstream en ferias y grandes sellos. Esta antología es un esfuerzo más de la Editorial Raíces Latinas-

Domus Gothica por promover la literatura de Horror, dándole el lugar que merece: seguir en lo alto, a donde ha llegado gracias a Poe, Hawthorne, Irving, Shelley, Radcliffe, Lovecraft, Stoker, Blackwood, Maupassant, Bierce y Quiroga, entre otros.

En *Proyecto Carrie* encontraremos voces de Estados Unidos, México, Puerto Rico, Ecuador, Perú y España, autores de Horror en nuestro idioma que muestran su admiración por King a través de la prosa. Esperamos que los lectores asiduos al Horror disfruten este homenaje bien intencionado en difundir el género.

Larga vida al Horror y a Stephen King.

¿Cuál es el nombre del mal?

Alberto Chimal

> *Se aferró a la leve esperanza*
> *de que aquello no fuese más que un sueño.*
> Stephen King, *The Stand*

Había cientos de teorías conspiratorias. Según la más popular, el paciente cero había sido un gringo: un soldado que se escapó de la base militar donde se creó el virus. El virus que, por tanto, era un arma biológica. Obra del gobierno gringo. Todo bien, todo plausible. Hacía semanas que no se sabía de nadie al norte del Bravo. Al norte de Durango. A lo mejor estaban todos muertos, simplemente por haber empezado allá la cosa.

Pero había muchas otras historias, que se parecían en algunos detalles y en otros no. Y la historia "principal" tenía ella sola el mismo problema: su tallo —soldado, escape, base, arma— empezaba a ramificarse casi de inmediato. Más y más opciones. Más versiones.

Malena estaba leyendo algunas de las que ofrecía el artículo en su navegador. ¿Y si el virus era, más bien, una mutación inesperada? ¿Un organismo llegado del espacio? ¿O del Infierno?

—¡El Infierno! —dijo Ruth, desde otra ventana en la misma pantalla.

—Los que dicen esto —respondió Malena— dicen que el ejército de allá se volvió satánico.

11

—¿Te suena mínimamente creíble eso? —le preguntó su amiga.

—¿A ti no?

De todas formas, como indicaba el artículo, había opciones para todos los gustos. ¿Y si el soldado no se había escapado? ¿Si había sido un loco, decidido a provocar el fin de la humanidad? ¿Qué tal que ni siquiera era soldado? ("Una víctima", leyó Malena para Ruth; "un conejillo de indias")

Y mucho, mucho más. ¿Si no había sido el gobierno gringo? ¿Si habían sido los chinos? ¿Los rusos? ¿Los norcoreanos? ¿Los iraníes? ¿Los comunistas? ¿Los fascistas? ¿Los reptilianos? ¿Los templarios? ¿Los globalistas?

—"Globalistas" quiere decir "judíos" —le explicó Ruth a Malena.

—¿En serio?

—¿Nunca habías oído esa?

Ya la ofendí, pensó Malena.

—No, no —se defendió, y se esforzó por mirar la lente de su cámara. Poner cara de sinceridad. No era tan fácil. Cuando hacía videollamadas siempre le atraía más su propia imagen, aunque fuera un cuadro pequeñito en una esquina de la pantalla, que las caras de las personas con quienes hablara.

Hizo una mueca.

—Está bien —dijo Ruth.

Después de un momento, Malena (que seguía sin mirarla, por mirar a la lente) razonó que Ruth también estaría mirando su propia cara en su propio monitor y dejó que sus ojos fueran a donde quisieran ir.

Ruth suspiró. Malena observó en su imagen que un poco del mechón que se había cortado (el día anterior) se asomaba desde debajo de la mascada verde que cubría su cabeza. ¿Cuánto tardaría en crecerle? ¿Habría tiempo?

—¿Malena?

Pero no debía pensar en esas cosas.

No debía. Trató de distraerse. Podía volver a mirar la cara de Ruth en la pantalla. El ojo de la cámara. Las luces de colores en el gabinete de la computadora. (¿Sería para juegos?) O podía pensar en el peso de su cuerpo sobre la silla. La leve presión que bastaba aplicar, inclinando las piernas, para hacerla girar sobre su base. (Era una silla de esas de *gamer*. ¿Su abuela sería *gamer*?) Las ventanas abiertas. La luz de la tarde, que entraba desde afuera. (¿Este sería un cuarto de visitas?)

—¿Estás bien, Malena?

Tal vez sería incluso mejor concentrarse únicamente en el sonido de la videollamada. De ésta y de todas las demás. No mirar nunca a la otra persona ni mirarse a una misma. Como si ella y el mundo estuvieran mandándose mensajes de audio. O hablando por teléfono.

Mi abuela hubiera dicho algo así, pensó. *Teléfono. Hablando.*

—El lunes se murió mi abuela —dijo de pronto.

¿Por qué lo había dicho así, tan de pronto?

—Ay, no —dijo Ruth, y se tapó la boca con una mano—. Ay, no. ¿Qué pasó?

—Pues qué iba a pasar. La Gripota.

—¿Dónde estaba? —le preguntó Ruth—. ¿En su casa?

13

—Mi mamá la fue a ver. Porque vio que estaba mal. Insistió en que tenía que ir.

Ruth se descubrió la boca. La tenía muy abierta.

Ahí se terminó la plática sobre teorías conspiratorias. Malena nunca le leyó a Ruth la lista con otros veinte o treinta nombres que (según el artículo) tenía la enfermedad en todo el mundo. Tampoco le leyó ni le dijo nada más. Después de diez, quince segundos de verla con la boca abierta, se dio cuenta de que había arruinado la llamada, así que apretó el botón para terminarla.

—Malena.

Se sintió mal. O peor. Quizá se sentía mal desde algún tiempo antes. Por la muerte de su abuela. La de su mamá. Había visto los últimos momentos de las dos.

Los últimos momentos, qué ridículo.

Y ahora ni siquiera había conseguido llegar a la parte de pedirle ayuda a Ruth.

—Malena.

El propósito, el sentido entero de la llamada, había sido dar la impresión de que, dentro de lo posible, todo estaba bien. Convencer a Ruth de que no tenía ninguna urgencia. De que no había ninguna razón para que ella y su marido no salieran con su coche hasta donde estaba Malena, y la recogieran, y se la llevaran.

—Y entonces yo fui tras ella porque cómo la iba a dejar ir sola —probó a decir. Pero ya no estaba hablando con Ruth, y ni siquiera esa mentira hubiera sido suficiente—. Porque cómo me iba ella a dejar sola —siguió—. A mí.

—Malena, ¿con quién estás hablando?

La voz venía de detrás de ella. Se volvió, haciendo girar un poco la silla. Hizo una pausa, durante la que probó a mirar en otras direcciones: al techo, por ejemplo, o (girando un poco la cabeza, no la silla ni su torso) hacia el exterior. Se podía ver los árboles del jardín, la barda, e incluso un poco de las calles circundantes. Allá, los cuerpos seguían en sus mismas posiciones.

—Por favor dime —pidió— que sí estás ahí.

—¿Qué?

—Abue, es en serio —dijo Malena—. Si me sales con que no estás, no sé qué voy a hacer.

Su abuela se quedó mirándola con la misma expresión de toda la vida: mitad reprobatoria, un tercio divertida, un sexto preocupada, porque Malena la desconcertaba desde niña.

—Mija, ¿cómo es que siempre fuiste tan buena en matemáticas y no llegaste a más?

Malena se sintió ofendida. Estuvo a punto de preguntarle si no le daban al menos un poco de pena su rostro hinchado y ennegrecido, los ojos vueltos hacia arriba, la nariz y la boca que aún despedían moco y sangre, o el hecho de que tanto su chal como su vestido estaban manchados para siempre con la misma mezcla repulsiva.

Pero no iba a cometer la misma torpeza dos veces. Con Ruth era suficiente. Dejaría pasar un rato y volvería a llamarla. Y entretanto no había razón para hostilizar a nadie más.

—Perdón —dijo su abuela. Malena no supo de qué le pedía perdón—. Yo tampoco me quiero pelear —agregó.

—Qué bueno, porque después de todo creo que no me siento tan bien.

—Deberías sentarte —dijo otra voz.

Su mamá estaba entrando por la puerta. Se parecía mucho a su abuela, incluso ahora, aunque a ella el delirio que producía la enfermedad le había dado con muchísima fuerza. Además, traía un peinado raro. Largo de un lado y muy corto del otro. Como del siglo anterior, cuando era joven.

—Estoy sentada —dijo Malena—. Esta silla gira, ¿ves?

Y le dio una vuelta completa: 360 grados.

—Pero además tienes fiebre —dijo su mamá.

—Pero no debe pasar de 40 —objetó Malena—. 360 es imposible. Me estaría quemando.

—¿No sientes que te estás quemando? —preguntó su abuela.

—Apenas va a cumplir los treinta —comentó su mamá—, ¿cómo crees que a esa edad ya va andar con sofocos?

Su mamá también tenía los ojos en blanco y toda la parte inferior de su cara manchada de gris y rojo oscuro. Además, notó Malena, había plastas de sangre seca por todo su cabello. Esta era la razón por la que parecía traer un peinado asimétrico: el lado de la cabeza que se había abierto había sangrado más.

—Ni me defiendas —le dijo Malena, y quiso pensar en algo ingenioso relacionado con la sangre y la menopausia, pero no se le ocurrió nada—. Realmente me siento mal, creo.

—Tampoco es momento para chistes —dijo su abuela—. Quizá deberías descansar un poco. Merendar e irte a la cama. Ya mañana podemos ver qué pasa.

—Estaba viendo si alguien podía sacarme de aquí —reconoció Malena.

Su mamá puso cara de indignación. Ella era capaz de mostrar emociones en estado más puro cuando hablaba con Malena: tal vez porque había tenido que criarla todos los días y no solamente los fines de semana.

—Eso es un poco cruel —se quejó su mamá. Malena no supo si se refería a sus palabras o a sus pensamientos. Giró 180 grados y se levantó de la silla. Esperó un momento a que las otras dos mujeres entendieran que deseaba moverse y se hicieran a un lado. Salió del cuarto, que probablemente sí era de visitas: tal vez, pensaba ahora, la computadora era para su primo, el hijo de la hermana de su mamá, que de vez en cuando venía; algo así. Descubrió que no recordaba, al menos en aquel momento, el nombre de su primo ni el de la hermana de su mamá. Se detuvo en el umbral para pensar en esto mientras miraba un gran bastidor de tela pintado al óleo: un pierrot enorme y cursi, en realidad bastante mal hecho, de gorrito negro y grandes ojos chibi.

—Tú lo pintaste —dijo su abuela—. Tenías quince. Fue cuando ibas a clases de pintura.

—Por favor no me salgas con que debí ser una gran artista —le pidió Malena. Caminó por el pasillo a la salita de la casa. Definitivamente era la casa de su abuela. De donde Ruth y el marido de Ruth tenían que sacarla. *No podía simplemente salir a la calle y caminar. ¿A dónde? ¿Quién me iba a ayudar si me veía sola?*

Llegó al pie de las escaleras que llevaban al piso de arriba. El cuerpo de la abuela estaba allá, en su propio cuarto, cubierto por las sábanas. Esto lo tenía clarísimo, aunque su abuela estuviera también a su lado, mirándola (ahora) con interés. Por otra parte, el cuerpo de su mamá estaba ahí, al pie de las escaleras, boca abajo, en un charco de sangre que manchaba las baldosas del suelo y el tapete estilo oaxaqueño, ambos por lo demás bastante limpios. Donde había caído, pues.

—Luego dices que no eres igual de neurótica que yo.

—Mamá, por favor —dijo Malena—. Ayúdame. Estoy tratando de…

17

—¿De qué? —preguntó su abuela. Ahora estaba recostada en el sillón grande la sala, con los dos pies sobre uno de los brazos forrados de tela.

Eso, pensó Malena. ¿Qué estaba tratando de hacer? De pronto le parecía que no estaba tan segura. A lo mejor sí se había contagiado ya de la Gripota, del maldito bicho. A lo mejor no debía haber venido. A lo mejor se hubiera contagiado de todas formas, sí, pero a lo mejor… La cabeza le dolía. Y sí tenía fiebre. Tal vez no de 180 grados, pero fiebre al fin.

—¿Viste las cosas que decían antes de que se perdiera el contacto con el Gringo? —preguntó su mamá.

—¿Cuál gringo? —dijo Malena— ¿Cuál de todos?

—No, no, o sea, los Estados Unidos. Gringolandia.

—Habla bien —se quejó Malena—. Y sí, vi todo. Como todo el mundo. ¿A qué viene eso?

—¿Viste lo del nombre del mal? —preguntó su abuela.

—¿Qué?

Malena tuvo ganas de recostarse donde estaba su abuela. No podía hacerlo, desde luego, porque le parecía grosero echarse encima de ella o pedirle que se quitara. Era una persona mayor. Y además le daba asco. Se estaba pudriendo. Pronto empezarían a caérsele pedazos de cara, de pechos, dedos completos.

—Estás hablando raro. ¿Verdad —dijo a su mamá— que está hablando raro?

Su mamá estaba junto a su mamá. Junto a su cuerpo. Era feo de ver. Malena no quería acordarse.

—Y tú no quieres acordarte —le dijo su mamá—. ¿También sería raro? Sí. ¿No?

No, pensó Malena.

También pensó: *No quería, mamá. No quise.*

—Pero yo estaba muy loca.

Estabas muy loca, estabas yendo hacia mí, estabas delirando, y creo que no sabías quién era. A lo mejor pensabas que era un intruso, un ladrón o algo.

—A lo mejor —dijo su abuela, todavía en la misma posición.

—Tú espérate, que ya estabas muerta.

—Y ella estuvo muerta poco después.

—Tenía una lámpara en la mano. Casi me pega.

—A lo mejor realmente pensaba que eras otra persona. ¿Cómo voy a saber?

Malena se llevó las manos a la cabeza. *Sí me está doliendo. Y eso que no alcanzaste a pegarme. Que te empujé y te caíste por las escaleras y te rompiste la cabeza. Que ya no me atreví a tocarte y nada más me esperé hasta que dejaras de respirar.*

—Debiste hablarle a Ruth en ese momento.

—¡Se hubiera dado cuenta —replicó Malena— que las dos ya tenían el bicho!

—Que no sabes cómo se llama —le dijo su abuela, volviendo a ese tema que se le había ocurrido—. La enfermedad, Malena. El mal. ¿Cuál es el nombre del mal?

Se llevó las manos a la cabeza. Realmente le dolía. Más que antes. Realmente tenía el bicho y se iba a morir. Se iba a caer al piso allí mismo y se iba a pudrir al lado de su mamá. *Juntas de principio a fin.*

—Te voy a seguir preguntando… —empezó su mamá— Ah, no, espera.

—Te voy a seguir preguntando —dijo su abuela.

—Ya hazle caso —dijo su mamá—. Dile cómo se llama. Cómo lo llaman.

—¿Eso qué importa? —dijo Malena. Se le hizo más fácil sentarse, dejarse caer al suelo. *Un momento nada más. Sentada. O recostada, por qué no, no tiene nada de malo.*

—Aquí le dicen la Gripota —quiso ayudarla su mamá—. ¿Y en el gringo le dicen…?

—Ay, no sé —se quejó Malena—. "Captain" algo. Capitán América. No sé.

—Te apuesto lo que quieras a que allá ni siquiera se molestaron en preguntar cómo le decían aquí —dijo su abuela. Recostada todavía. Y ahora su mamá estaba en el suelo también. En la misma posición que su cuerpo, pero apuntando hacia ella. Como una piel de tigre de las películas.

Ah, ya entiendo, pensó Malena. De pronto no sentía ganas de decirlo en voz alta. Quizá no era necesario. *Ya me acordé que eres bien anti gringa. Me estás tratando de decir que los gringos le ponen nombre a todo y esperan que nosotros usemos los nombres que ellos usan.*

—Alevosía —dijo su abuela—. Y ventaja.

Y eso que no te leí las otras partes de las teorías, pensó Malena, a quien la cabeza le dolía aún más. Probó a cerrar los ojos. *Ni a ti, Ruth. Debiste haber venido.*

—No va a venir —dijo su mamá.

—No te duermas —dijo su abuela.

No me estoy durmiendo. Me estoy muriendo. Y todo lo que tú quieres es ¿qué? ¿Que me queje? ¿Que los maldiga por pasarnos sus enfermedades? Allá decían que con esto del Capitán Gripota se iban a purificar. Que iba a haber una lucha del bien contra el mal. El apocalipsis. Un grupo de supervivientes con el bien, y otro con el mal. Pero allá, claro. Unos en una ciudad gringa y otros en otra. Y a los demás que nos lleve el carajo porque no existimos. Pero tú ya no existes, abuela.

—No seas grosera —dijo su mamá.

—Y no te duermas, porque hasta que no me convenzas de lo contrario, te voy a insistir con esto.

—Lo va a hacer —dijo su mamá—. Tú la conoces.

Podríamos, dijeron las tres, *quedarnos para siempre aquí acostadas, discutiendo sobre el mismo tema.*

Alberto Chimal (1970, Toluca, México). Ha publicado novelas –*La torre y el jardín, Los esclavos, La noche en la zona M*–, colecciones de cuentos –*Manos de lumbre, Los atacantes, La saga del Viajero del Tiempo, Gente del mundo, Éstos son los días*–, ensayos, cómic, libros para niños y manuales de escritura creativa. Un guion suyo se ha llevado al cine (*7:19. La hora del temblor*). También es profesor –maestro en literatura comparada por la UNAM– y promotor de lectura y escritura en diferentes plataformas digitales. Actualmente está encerrado en un departamento de la ciudad de México con su esposa y un gato. www.albertochimal.com

La marca del Rey

Yuliana Cruz

Existen momentos en que algo ocurre y, simplemente, lo trastoca todo. Es igual a cuando ponemos un vaso sobre la mesa para recoger la gota de agua que se cuela por una grieta en el techo luego de varios días de lluvia. En algún momento cae una gota, tan parecida a todas las demás, que termina siendo la gota más trágica de todas: la que derrama el vaso. Con el derrame llega la caída hasta el suelo, el cortocircuito, el fuego y la tragedia. Nadie piensa en esas cosas hasta que ocurren y, entonces, todos se preguntan si la culpa es del vaso o de la grieta, del clima o del destino. Simplemente hay momentos en que algo pasa y se revuelca todo, sirviéndose de una seguidilla de eventos que parecieran no estar relacionados, pero que se complementan como cómplices. Qué coincidencia, que tantas veces en la historia todo esto comienza con un ciclo de lluvia copiosa.

Precisamente, fue un ciclo de lluvia lo que desencadenó los eventos que se vivieron a finales del verano del 2018. El terreno estaba saturado y las calles habían comenzado a inundarse, complicando el movimiento de los ciudadanos. En el Hospital San Francisco, la lluvia había desatado la locura en la sala de emergencias. Los pacientes que llegaron durante los primeros tres días del ciclo presentaban los problemas característicos de la época y el clima. Sin embargo, durante el noveno día de lluvia, las situaciones comenzaron a volverse un tanto peculiares.

Tal era el caso de un niño que fue llevado por sus padres a emergencias a las 7:02 am. Por alguna razón que nadie pudo imaginar, el niño de apenas seis años metió su pie en un triturador mecánico de carne que su padre, un

23

chef aficionado, había utilizado con orgullo durante los últimos dos años. El niño no solamente consiguió trepar sobre la mesa y asegurar el triturador para introducir su pie de la manera más incómoda posible, sino que, con una voluntad incalculable y una fuerza impresionante para sus pequeños brazos, fue capaz de rotar la palanca mecánica hasta dejar casi la totalidad del miembro reducido a hilachos de carne sanguinolenta. Una, dos, tres, cuatro... ¿cuántas vueltas habrá dado a esa palanca para ir reduciendo su pie hasta llegar casi hasta la base? De tan solo verlo, se podía imaginar el ruido que emitieron los huesos al triturarse lentamente y el sonido húmedo de la piel que se despedazaba, se estiraba y se exprimía. Para Mirna Ronderos, enfermera de profesión con orgullosos diecisiete años de experiencia, el incidente era uno entre muchos. Para una persona que ha trabajado durante tantos años en una sala de emergencias, lo más impresionante se hace común y nada le llega a afectar. Al menos eso pensaba ella, hasta que se encontró con la sonrisa del niño.

Mientras se dirigía a llevar unos calmantes a otro paciente pasó por el cubículo que albergaba la camilla del niño, quien esperaba para ser transportado a cirugía. Como de costumbre, Ronderos volteó la cabeza para observar si todo estaba bien con el paciente en aquel espacio y se encontró con su mirada. A pesar de la gravedad de la lesión, el niño estaba sentado en la camilla, sereno, con los ojos bien abiertos. Tenía unos ojos curiosos e inteligentes que no parecían reflejar dolor, solamente un vacío momentáneo que era rápidamente reemplazado con el brillo característico de una criatura de esa edad. En el momento en que sus miradas se encontraron, el pequeño sonrió. Mas no era la sonrisa de un niño; era una sonrisa grotesca que se extendía antinaturalmente, desfigurando las mejillas y dejando a la vista las encías enrojecidas y carnosas. Cuando su rostro no le permitió ampliar más aquella mueca inquietante, comenzó a señalar lo que quedaba de su pie, que estaba cubierto por gasas empapadas de sangre. Luego dejó escapar una risita juguetona que terminó erizándole la piel a Ronderos, a quien no se le vería más en San Francisco y a quien las pesadillas la acompañarían durante semanas.

Esteban Rey cumplía un año trabajando en el hospital. Había llegado de la metrópoli buscando una vida más tranquila y encontró una posición de contador que se acomodó muy bien a su experiencia. Todos los días llegaba a las 7:00 am, desayunaba, leía el periódico que compraba en el puesto de revistas y luego se dirigía a su oficina. Sin embargo, después de poco más de ocho días de lluvia, las condiciones de la carretera lo habían retrasado. Terminó de aparcar en el tercer piso del estacionamiento multipisos a las 7:42 am, justo en el momento en que Ronderos abandonaba el turno y escapaba despavorida por el área de carga del hospital.

Era obvio que los contratistas ahorraron mucho dinero en la construcción de aquel estacionamiento, ya que parecía llover más adentro que afuera. Múltiples y gigantescas goteras, que en ocasiones formaban cortinas de agua, se escapaban a través de las planchas de cemento que formaban los pisos superiores, obligando a las personas a moverse como si se tratase de una carrera de obstáculos. Esteban no era la excepción.

—No sé cómo este estacionamiento no se ha derrumbado todavía —vociferó molesto.

Estaba retrasado, con frío y no quería terminar mojándose con el agua que se había ido escurriendo por los pisos superiores, arrastrando quién sabe cuanta inmundicia. Estaba decidido a llegar seco a la oficina. Con una gran destreza, rara para un contador de profesión, Esteban avanzó esquivando el agua que caía desde el techo en diferentes formas y cantidades, hasta llegar a la última línea de autos. De ahí hasta el descanso de la escalera parecía no haber ninguna gotera amenazante, así que se detuvo para tomar algo de aire. Fue en ese momento en el que levantó ligeramente la cabeza y se encontró con la lámpara, la misma que semanas antes había observado detenidamente por primera vez.

Aquella lámpara alguna vez fue como todas las demás: un típico foco cuadrado al final de un tubo de metal que lo sujeta del techo. El estacionamiento estaba lleno de ese tipo de lámparas. La mayoría perdió su luz hace mucho tiempo, unas fundidas, otras rotas y algunas apenas tintineantes por momentos. A pesar de eso, la lámpara que observaba Esteban aún iluminaba el lugar, siendo la única en función en esa zona. Pero era otra cosa lo que le llamaba la atención. A través de la superficie transparente de policarbonato se observaba no solamente una cantidad significativa de agua acumulada dentro de la lámpara, sino una masa grisácea rodeada de enormes burbujas. Las burbujas parecían permanecer casi estáticas, como si la materia que las rodeaba fuese tan densa que las mantenía atrapadas, suspendidas en el tiempo. Aun siendo así, la masa parecía moverse ligeramente en su espacio. No era que el ojo humano pudiera apreciar el movimiento, simplemente que, tras observar por algún tiempo, daba la impresión de no estar en el mismo lugar o de haber cambiado su forma ligeramente.

Esteban observaba maravillado, igual que la primera vez que se fijó en el contenido de aquella lámpara, sintiendo una mezcla de asco y curiosidad. No se explicaba cómo aquella lámpara, llena de agua y de una masa que parecía ser algún tipo de hongo o alga, no solamente funcionaba, sino que emitía una luz tan brillante como la que ninguna de las demás lámparas era capaz de emitir. Más aún, no se podía explicar cómo la luz escapaba, si apenas se veía la bombilla que se encontraba perdida dentro de todo el contenido ajeno que la rodeaba. Era casi como si la luz saliera de la masa misma. Sintiéndose ridículo, hizo un gesto con la mano tratando de espantar sus pensamientos y siguió su camino hacia la escalera que él pensaba que lo llevaría, al fin, fuera del estacionamiento y rumbo a la oficina. Quizás tenía la esperanza de que la rutina del trabajo le devolviera la tranquilidad que le había robado la mañana lluviosa. Poco sabía que cuando ocurre una dislocación no hay tranquilidad hasta que se cierra la grieta.

Andújar activó la clave de seguridad a las 7:46 am y salió corriendo hacía el cuarto piso. El llamado había sido por un disturbio, lo que era común con pacientes agresivos o desorientados. Subió corriendo por las escaleras, dos escalones a la vez. Una vez en el piso, corrió por el pasillo hacia la habitación señalada. Por un momento, cuando vio lo que ocurría en la habitación, no supo si aquello era la realidad o una pesadilla. En la cama estaba un paciente mórbidamente obeso, completamente desnudo y moviéndose espasmódicamente mientras un vómito amarillento, que embarraba todo su pecho y se escurría por los pliegues de su piel hasta caer al suelo, salía de su boca en chorros isócronos. De rodillas en el suelo estaba una enfermera recogiendo con ambas manos el vómito, para luego llevarlo a su boca como tratando de saciar una sed desesperante. Cuando notó la presencia de Andújar, volteó la cabeza hacia él y sacó la lengua más allá de lo que parecería normal en un ser humano, para luego lamer rápidamente su nariz y sus labios.

—He matado a Maturin y he comido de sus mundos —dijo la enfermera mientras reía histéricamente. — He matado a uno de los doce y los demás están por caer. ¡Llegó el tiempo del rey! ¡Que todos sepan que llegó el tiempo del rey!

Alguien en el pasillo lanzó un alarido y, en ese mismo instante, se escuchó un disparo. Una bala se había abierto paso en el centro de la frente de la enfermera, pero no había sido capaz de borrarle la sonrisa. Tirada estaba en el suelo con un hueco rojizo en la frente; tan solo una gota de sangre brotaba de la abertura y resbalaba lentamente hasta el puente de su nariz. Por un momento, Andújar pensó que él mismo había disparado en la confusión de aquella escena siniestra, pero al llevarse la mano a la cadera pudo confirmar que su pistola todavía estaba en la baqueta. Giró sobre su centro y se encontró de frente con un guardia de seguridad sumamente joven, seguramente uno de los nuevos. Temblaba, aún con la pistola apuntada hacia la enfermera. Balbuceaba algo sobre una rosa cuidada por doce guardianes. El joven se desmayó.

Después del disparo, alguien activó una nueva clave de emergencia, esperando que acudieran refuerzos que pudiesen, más que controlar una situación que ya no existía, dar sentido a lo que allí había pasado, como si el personal de seguridad pudiera despertarlos de una pesadilla. Porque aquello tenía que ser una pesadilla, no había forma de que no lo fuera. Pocos sabían que nadie acudiría, pues todos los posibles refuerzos se encontraban sumergidos en su propia pesadilla: la que estaba ocurriendo en la sala de emergencias. Allí, el caos se había desatado. La mano amiga que mata, el padre que corrompe, los dientes que desgarran, la garganta que grita y el seno que no acoge. En aquel lugar se celebraba una gran bacanal que parecía haberse extendido durante días. El personal clínico bailaba, algunos desgarrándose las ropas al ritmo de una música que no existía. Los pacientes se destrozaban las carnes entre ellos, preparando el festín que se serviría para los que había llegado del otro lado. El niño, al cual le habían retirado las gasas, era elevado por encima de las cabezas de los demás, tal cual un héroe en medio de un festejo; su pie como muestra de su hazaña. Todo parecía transcurrir muy rápido y, a la vez, en cámara lenta.

Esteban nunca llegó a las escaleras. Un relámpago se abrió camino en el cielo con un destello tan brillante que llegó a cegarlo. En esa luz se perdió el tiempo y, cuando al fin Esteban recobró la consciencia, se encontraba de rodillas bajo la lámpara. Sus brazos hacia atrás y su mirada fija, como si una fuerza lo obligara a mirarla, a venerarla, a entregarse a su luz. Mas la luz que emitía había cambiado: ahora tenía un color rojizo y sus destellos emitían un calor intenso. Comenzó a parpadear rápidamente, quizás pensando que se aclararía su vista y la lámpara volvería a verse como momentos antes, días antes, semanas antes. En efecto, su vista se aclaró, permitiéndole divisar algo que nunca había visto, algo nuevo. Justo en el centro de la masa grisácea había un enorme ojo rojo, tan rojo como la sangre, como una rosa solitaria en medio de un campo de espinos. Esteban no quería estar ahí, pero no podía moverse. De pronto, una gota de sangre escapó del interior de la lámpara y fue rodando por su contorno hasta llegar al centro, ahí justo donde estaba el iris siniestro.

Entonces cayó y manchó la frente de Esteban. El contacto con la piel le hizo sentir como si hubiese sido lava lo que le había caído en la frente. Quemaba para abrirse paso por piel y hueso hasta llegar adentro. Cauterizaba, entumeciendo su parte humana. Por esa abertura, que quedaría abierta para siempre mas sólo algunos podrían ver, fue que presenció lo que había del otro lado. Era allí, en un lugar muy parecido al nuestro, que todo comenzaba. Cuando allá temblaba la tierra, de nuestro lado las aves volvían a sus nidos y los ratones a sus madrigueras.

Los pisos temblaban, una columna ya había caído destruida. Esta vez eran muchos los que habían pasado a este lado; la grieta cada vez es más ancha y pronto será una gran puerta. Una puerta tan extensa que se terminará tragando todo con su oscuridad absoluta. ¡Oh, sí! Porque cuando la torre caiga y solo quede un campo desierto, el mismo campo se perderá en el vacío. Y en el vacío estará el rey, que vive más allá de su muerte, y poblará el mismo con sus criaturas metamórficas que sólo son luz cegadora.

Algunos tienen un ojo que les permite verlo todo, mientras otros tienen un ojo para que el rey todo lo vea. En aquel momento, en el año 2018 en el Hospital San Francisco, Esteban recibió la marca del rey. Estará allí, para servirle a él.

La rosa será destruida, la torre caerá completa.

Yuliana Cruz (1980, Mayagüez, Puerto Rico). Cursó estudios graduados en la Universidad de Puerto Rico, Recinto de Río Piedras. Tiene una carrera de más de dieciocho años en el área de tecnología. Como escritora, formó parte de las antologías *No Cierres Los Ojos* (Libros Eikon, Puerto Rico, 2016), *No Cierres Los Ojos 2* (Libros Eikon, Puerto Rico/Estados Unidos, 2019), *Penumbria #50* (Revista Penumbria, México, 2019) y *Proyecto Cthulhu* (Editorial Raíces Latinas, Estados Unidos, 2020).

Alabanza

Evelyn A. Velázquez

Aquella tarde el llevar a un tal Paco a su casa resultó en muerte. Yo no maté a nadie, aunque de todos modos me siento culpable. Paco y yo éramos compañeros de trabajo; nunca compartíamos como amigos, y menos aún como amantes. Lo juro por Dios.

Todo comenzó cuando al salir de la oficina mi carro no quiso encender. El lugar estaba desolado y tenía que alternar entre jugar con las partes del carro debajo del bonete y girar la llave para verificar si encendía. Un individuo, a quien apenas conocía de vista, apareció y me ofreció ayuda. Ese era Paco, un viejo cano quien intimidaba a cualquiera con sus casi siete pies de altura y protuberante gordura.

Después de un rato logramos encender el carro; nos dimos cuenta de que uno de los contactos de la batería estaba roto. Agradecida por la ayuda me puse a conversar con él, y así me enteré de que estaba a pie. Quién sabrá por qué lo hice, pero le ofrecí llevarlo a la casa.

Al principio hablamos de cosas de trabajo, pero rápidamente se nos agotaron los temas y el silencio se apoderó del espacio. Admito que me sentí incómoda. Encendí la radio, pero mis emisoras ya no estaban programadas tras la desconexión anterior de la batería. Mi copiloto, entrado en confianza, tomó la iniciativa de buscar emisora. Sus manos eran enormes, fácilmente podía cubrir la circunferencia de mi cuello con una de ellas. Para mi sorpresa, luego de varios intentos, la radio se detuvo en un predicador gritando con pasión un sermón.

—¿Eres cristiana? —preguntó Paco súbitamente.

—Bueno. Sí. Creo que sí.

—No pareces muy segura. ¿Vas a la iglesia?

—Pues hace tiempo que no voy. Pero siempre digo, que sea lo que Dios quiera —dije en media sonrisa.

—El Señor te ama y te espera. No lo dejes esperar mucho.

—¿Y siempre ha sido cristiano? —dije para no tener que hablar de mí, realmente no me interesaba lo que él dijera.

—El Todopoderoso me llamó a la puerta cuando conocí a mi esposa, Lucy Fernanda. Ella es muy devota al Señor. Gracias a ella encontré la gracia del gran Pastor.

Me los podía imaginar; Paco todo rojo y sudando en pleno culto junto a su vieja. Y a ella, con un abaniquito alzando los brazos hacia el cielo, quizás para alcanzar al marido. Me reí dentro mí un poco.

—Mi esposa es una santa. Me aceptó tal como soy y me guió al buen camino. Cuando ella llegó a mí, en un abrir y cerrar de ojos me deshice de todas las cosas mundanas que tenía. Lo que no pude botar lo saqué de inmediato de la casa; así me impactó ella.

—Me imagino que llevan toda una vida juntos.

—No tanto. No hace ni medio año que el Padre Celestial le dijo que nos uniríamos como esposos en vida terrenal.

—¿Que quién dijo qué?

—Sí. Ella habla con el todopoderoso y Él le contesta con señales del cielo. Con sólo decir su nombre me siento más cerca a Él. Lucy Fernanda.

32

Ese nombre es mi alabanza predilecta.

Agradecí que finalmente habíamos llegado a la residencia cuando Paco terminaba de hablar. No me gustó el giro que había tomado la conversación. Me detuve cerca de su casa.

—No te vayas —me dijo Paco mientras se bajaba del carro—. Tengo un kit para arreglar el contacto en mi cobertizo del patio. Te lo voy a regalar.

—No te preocupes, que me tengo que ir.

—Piensa que el Señor me puso en tu camino para que te ayudase. ¿No quieres recibir ayuda de Dios?

—Que sea lo que Dios quiera —dije con otra media sonrisa y apagué el carro.

Apenas me había bajado del carro cuando Paco abrió la puerta de su casa, y de repente salió una mujer joven de cabello largo oscuro. Ella, en lo que parecía una tormenta de furia, le propinó varias cachetadas a Paco. Delgada y pequeña, parecía un manojo de pelos que daban latigazos en el aire. El hombre mancillado se protegía de los golpes mientras la mujer le gritaba:

—¡Sinvergüenza! ¡Descarado! Vas a morir y te vas al infierno.

No sabía qué hacer. No creí que la mujer me hubiese visto. Me podía ir, dejando al don con su problema; total, no era amigo mío y probablemente se lo merecía. Me monté en el carro para marcharme, pero el dichoso no quiso encender. En ese momento salió la creyente en mí, pues rogué casi en voz alta:

"¿Dios, qué hago? ¿Qué hago?"

Ambos estaban dentro de la casa, aunque los gritos ininteligibles llegaban hasta el carro. Recordé que Paco me había ofrecido un kit que podría usar para arreglar el contacto de la batería. No había verja hacia el patio, y me convencí de que era una señal, por lo que decidí buscar el kit en el cobertizo.

Sigilosamente pasé al patio por el lado de la casa; no había portón ni perros que impidieran el paso. La discusión de la pareja era más perceptible según me acercaba a la casita de aluminio en el patio.

—¡Jehová llora por tus inmundicias! ¡Admítelo! —gritaba ella.

—No sé de qué hablas —le decía sumiso el gigante.

—¡Admite que me estás siendo infiel! ¡Pecador! ¡Judas! —aparentemente la joven era la esposa de Paco.

—Yo jamás... —a lo que la joven lo interrumpía.

—¡Haz pecado contra Dios y contra mí! —y se escuchaba el romper de tazas, el tumbar de mesas, el palmar de cachetadas.

Yo muy callada me metí en el cobertizo. El interior de la casita de aluminio estaba repleta pared a pared, piso a techo con herramientas y equipos tan oxidados como la casita misma. Sobre los equipos, bolsas plásticas negras adornaban el espacio, puestas desordenadamente unas sobre otras. No podría encontrar nada útil en ese desastre.

La discusión dentro de la casa se escuchaba casi perfecto desde la casucha:

—¡Nada es secreto!¡Él todo lo ve y todo lo sabe! —gritaba con autoridad la mujer, mientras destruía el interior del hogar—. Que el matrimonio sea honorable entre todos, y el lecho conyugal sea sin contaminación, porque Dios juzgará a los fornicadores y a los adúlteros.

—En el nombre del Padre te prometo que no miento —se escuchaba acobardado el hombre.

—¡Si el mismísimo Padre Santísimo me lo ha dicho! ¡Tú andabas con una mujer hoy!

Debió ser casualidad. No podía estar hablando de mí. Resolví no pensar más en eso y apurarme a encontrar el supuesto kit. Sentí urgencia de irme.

—Pero mi amor, eso te lo puedo explicar. Su carro...

—¡Cállate! No pongas en duda la palabra del Señor. Él me habla y yo soy su fiel servidora. Ni los fornicarios ni los adúlteros heredarán el reino de Jehová.

Finalmente, en un intento valeroso de demostrar su inocencia, el hombre alzó su voz y replicó:

—Si he sido infiel, que el Mesías envíe una señal del cielo ahora mismo.

En ese mismo instante, un olor sulfúrico y oxidante me llegó fulminante a la cabeza; el hedor de las herramientas olvidadas me envenenó. Sentí mareos... me tambaleé... tropecé con una montaña de bolsas negras... cayeron bolsas sobre mí... en el piso... y hasta salieron por las ventanas de la casita. El ruido fue tremendo.

"¡Dios mío, sácame de aquí!"

Escuché a la pareja salir hasta el patio. Me quedé quieta, escondida bajo el mar de bolsas. Pensé en mi carro. Pensé en mi celular en la cartera. Pensé en irme a pie.

"¿Por qué me quedé? ¿Por qué?"

Vi al hombre asomarse al interior de la casucha. No me vio y cerró la puertecilla disimuladamente. Luego le escuché gritándole a su esposa.

—¡Nena, por el amor al Creador, no abras esa bolsa! —gritó como si la estuviesen matando.

35

Tuve curiosidad, así que rompí una de las bolsas que me arropaban. Revistas, películas y artículos misceláneos; todo pornográfico.

—¿Pondrá el hombre fuego en su seno sin que ardan sus vestidos? ¿Andará el hombre sobre brasas sin que se quemen sus pies? Así le sucede al fornicario, pues no quedará impune ninguno —sermoneó la esposa.

Había esperado demasiado para marcharme. Era ahora o nunca. Decidí pararme silenciosa y salir caminando. Me iría a pie. Corriendo. Pero mi plan no contaba con el ruido que haría al zafarme de los sacos que me aprisionaban. Otra vez un tremendo estruendo. Entonces escuché al hombre gritar firme:

—¡Mujer, sabes que tienes prohibido entrar a mi cobertizo!

Así fue como nos encontramos frente a frente. Ella minúscula en tamaño expedía una furia enorme. Sus ojos hinchados. Su respiración agitada. El cabello largo enmarañado sobre su cuerpo. Casi en un suspiro dijo:

—Si un hombre cometiere adulterio con la mujer de su prójimo, el adúltero y la adúltera indefectiblemente serán muertos.

Se marchó rápido. Yo terminé de levantarme y salí de la casucha. Paco me miró asombrado.

—¡Vete de aquí! ¡Corre!

No me lo tenía que decir. Ya estaba tomando impulso cuando llegó la mujer, con un machete en la mano cubriendo mi única salida del patio. La tipa estaba como en un trance, hablando en palabras que no se entendían. Levantó el machete hacia el cielo y se abalanzó sobre mí. Me quedé petrificada. De repente, Paco se interpuso en su camino y ella, ella… le incrustó el machete en el hombro, justo al lado del cuello. Había apuntado hacia mi cabeza, pero como si fuese un puente entre mango y punta, entre ella y yo, el afilado metal se había atascado en el gigante que parecía rebanado. De la herida brotaba sangre que salía de la punta del machete

36

como agua de una ducha. Él se quedó de pie... no podía ver su rostro... sólo su espalda, su camisa encarnada y... y... no se movía, le escuchaba balbucear una y otra vez el nombre de su esposa.

—Lucy Fernanda... Lucy Fernanda...

En mi desesperación grité:

—¡Dios mío ayúdame!

—Sí, Señor, ayúdame. Castiga la impenitente —la escuché susurrar cuando caminó hasta quedar debajo del flujo que le drenaba la vida al esposo. Estaba frente a mí, sonreía mientras el baño de sangre convertía su larga cabellera en una capucha escarlata... estaba frente a mí, y con su mirada me quitaba el aliento... estaba frente a mí cuando alzó las manos hacia el cielo y gritó —¡Jehová de los ejércitos, castiga a la pecadora ya!

En eso, el pobre Paco se desplomó de espaldas como una torre. El gigante cayó sobre la pequeña endemoniada, quien no tuvo tiempo de reaccionar cuando el cuerpo del hombre se derrumbó. Y milagrosamente, como si algo guiara su camino, la punta del machete que todavía estaba atascado en el hombro de Paco se clavó en la nuca de la devota.

Hui del lugar y dejé a los esposos tirados en el suelo. La mujer de cara a la tierra, que unida a su esposo por el machete estaba muerta. Y Paco, con la poca vida que le quedaba, miraba al cielo y replicaba una y otra vez su alabanza favorita:

—Lu-cy-Fer-nan-da... Lu-cy-Fer...

Evelyn A. Velázquez (1977, Puerto Rico). Completó sus estudios en ingeniería química en el año 2000 y ganó la medalla Pórtico de la Universidad Sagrado Corazón por sus estudios en Creación Literaria en 2012. En su tiempo libre ayuda a escritores independientes en la publicación, diseño y mercadeo de libros. El cuento "Alabanza" está inspirado en el cuento "El hombre de traje negro" de Stephen King.

Miedo

Violeta García

***

Ania se levantó de la silla con pereza felina y se dirigió al refrigerador semivacío por la quinta cerveza de la tarde, consciente de que sólo eran un placebo para otro tipo de avidez. Tenía apenas un par de horas despierta. Ni siquiera se había molestado en ponerse ropa al salir de la cama. Se encontraba hastiada a un grado que no hubiera creído posible. Los días de soledad monótona se espesaban como un charco pantanoso, le hacían zumbar la cabeza. Tenía una sensación de incomodidad general, acuciada por el hambre.

Se asomó a la ventana, rascó algunos restos de esmalte negro que quedaban en sus uñas contemplando la calle vacía. Luego volvió a consultar de manera mecánica en su celular una aplicación de citas.

Pasó varios minutos deslizando a la izquierda para indicar que no le gustaban los perfiles mientras comía una sopa instantánea que sabía, no iba a calmarle el vacío. Dedicaba apenas una fracción de segundo a cada imagen. Abundaban las de los que no sabían tomar una fotografía bien enfocada, o mostraban sus abdominales definidos, presumían sus autos, viajes o un vello facial de barbería. Hasta que de pronto vio un tipo pálido, de cabello oscuro engominado, con corte al estilo militar. El sujeto no era muy llamativo, aunque parecía alto y robusto. Lo que la hizo detenerse en él fue el cuervo aferrado a su antebrazo. En su ficha mostraba como profesión médico, como intereses el vino y las caminatas en la naturaleza. Deslizó a la derecha y sin sorpresa comprobó que hicieron match.

No pasaron ni diez segundos cuando el tipo ya le estaba escribiendo. *<<Veo que te gustan las calaveras, ¿esa que sostienes en tu foto es real?>>*. A Ania le gustó que no comenzara la charla con el típico "Hola, cómo estás" y le respondió que no, que era de utilería. *<<Yo soy médico, sé dónde están las morgues y fosas comunes. Si te interesa, podríamos ir a conseguirte una de verdad>>*. Ella dudó de si hablaba en serio o era una broma. Por pura curiosidad le contestó *<<Quizá>>*. *<<Me gustan las chicas de estilo oscuro, como tú. Y además culta, puedo notarlo en tus intereses. ¿Cuánto mides, preciosa?>> <<1.50, ¿por?>> <<Oh, pequeñita, yo mido 1.95, podría romperte en dos>>*. "Qué idiota", pensó ella y dejó el teléfono a un lado.

***

Comenzaba a oscurecer. El médico se masturbó en la penumbra mirando las fotos de Ania, pero como no consiguió llegar a un orgasmo se dispuso a retomar la charla.

Le preguntó qué tipo de libros le gustaba leer, luego tiró algunos nombres de bandas de gothic rock y metal sin éxito. La chica ya no contestaba, pero se negaba a darse por vencido. Ania le había resultado bonita, de aspecto desamparado, justo como a él le gustaban. La imaginó atada o inconsciente por alguna droga. Pensó en lo sencillo que sería amoratar su piel pálida. La visualizó gritando, o despertando con expresión aterrada por la presión de sus dedos sobre la garganta. Volvió a masturbarse y esta vez consiguió una gran descarga de semen seguida de temblores de placer. Cuando terminó se limpió cuidadosamente con un pañuelo desechable.

<<¿Te molestó algo que dije? Por favor, no dejes de hablarme, ¡hay tan pocas mujeres inteligentes por aquí!>>. Aún nada. *<<¿Te gustaría conocer a mi cuervo? Son animales muy listos, y tiernos, aunque no lo parezca. Lo tengo desde pequeño. Lo rescaté y es muy agradecido. Aunque no hay que olvidar que siguen siendo aves de presa...>>*. Le envió un link a un video donde el cuervo obedecía algunas órdenes que

él le daba, utilizando pedacitos de carne cruda y sanguinolenta para sobornarlo.

***

Sonrió. Lo del cuervo le pareció divertido. Respondió con algún diálogo genérico para reanudar la conversación. <<*Me gustaría mucho conocerte*>>, tecleó él de inmediato, y si bien era algo que ya esperaba, una chispa de ansiedad se encendió en el estómago de Ania. Respondió: <<*Estaría bien. ¿Qué te parece si vamos a un bar?*>>. <<*O mejor al cementerio, para ir por el cráneo para ti… claro, si te atreves*>>, aventuró él.

Ania miró unos segundos la pantalla del teléfono antes de contestar. <<*Bueno, ¿por qué no? Si quieres podemos vernos mañana a la hora que te parezca*>>. <<*Pues, tiene que ser cerca de la noche, mujer, porque tampoco van a regalárnoslo, es necesario que esté oscuro*>>.

Lo original de la idea le resultó estimulante. La invadió una punzada de emoción y comenzó a desear que llegara el próximo día.

***

El sol estaba por ocultarse. La vio desde lejos: los pasos cortitos, el cuerpo daba la impresión de ser más frágil que en las fotografías, un morral de gamuza con adornos de metal plateado, las botas toscas le llegaban a la rodilla, el abrigo le quedaba demasiado suelto. Una brisa le desacomodó los cabellos, llevó su aroma a las fosas nasales del médico, provocando que un escalofrío de anticipación y placer lo sacudiera levemente a medida que se acercaba. Volvió a imaginarse sobre ella expuesta, inmovilizada, el rostro contraído de miedo pero también de un dolor placentero, recibiendo sus embestidas sin defensa posible.

"Hola", dijo la chica con una voz tan fina como su apariencia. Él intentó un saludo con la mano, pero ella lo sorprendió cuando poniéndose de puntillas le soltó un beso en la mejilla. Por un instante se quedó como congelado, sin saber qué hacer. Ania se rió. Él sintió el rubor que le subía al rostro mientras lo invadía un poco de odio a causa de la reacción. "Por aquí", soltó sin preámbulos y ella lo siguió casi corriendo para igualar la velocidad de sus zancadas.

No les fue nada difícil entrar, pues en la parte lateral el muro de concreto estaba continuado por una malla de acero en muy mal estado, con huecos en varias partes. El viento les daba en pleno rostro. Pasaron primero por entre tumbas antiguas, de monumentos elaborados que representaban ángeles y vírgenes dolientes, y aunque se daba cuenta de que ella deseaba quedarse por momentos a admirarlas, se empeñaba en no voltear. Entonces ella se veía obligada a forzar el paso con tal de no perderlo de vista. Después de un rato los sepulcros viejos quedaron atrás. En su lugar aparecieron otros con cruces o lápidas mucho más sencillas. Algunos ramos marchitos, otros de plástico descolorido e imágenes impresas de santos pretendían decorar el terreno conformado por arcilla suelta, seca, sin otra vegetación a la vista que unos árboles de pirul desangelados aquí y allá. Cada vez estaba más oscuro, costaba trabajo no tropezarse.

"Aquí es, llegamos". Dijo él por fin y paró en seco. Ania chocó con su cuerpo enorme, volvió a reír al notar que si hubiera avanzado más habría caído en un agujero amplio y profundo cavado en el piso, sin ningún tipo de señalamiento.

"¿Y ahora?" "Ahora nos metemos y buscamos tu souvenir", dijo él, tendiéndole la mano para ayudarla a descender.

Una vez abajo, Ania tomó su celular, encendió la linterna, se agachó y se puso a buscar entre la tierra. "Me parece que hay uno por aquí", dijo. El médico la observaba desde atrás, inmóvil. Un ligero temblor le recorría la espalda. Estaba indeciso. Dio un par de pasos, pensando en tomarla por el delicado cuello, aprisionarla con su peso. Se inclinó un poco para percibir su aroma y estaba extendiendo una mano temblorosa por la emoción cuando se escuchó un silbato que los hizo brincar del sobresalto. "¡Corre!", atinó a balbucear. Emergió con un impulso ágil y jaló a la chica del brazo, prácticamente cargándola para sacarla de la zanja, sin darle tiempo a nada, y continuó arrastrándola hacia una parte donde la cerca estaba derruida. Trotaron todavía por un par de cuadras hasta que a ella se le acabó el aliento y se detuvo, sofocada por un ataque de tos.

Sólo entonces se volvió a mirarla y se percató de que traía un cráneo en la mano. Se miraron y soltaron una carcajada histérica al mismo tiempo. Se abrazaron. "Bueno, después de este susto yo creo que necesito una bebida", dijo ella, metiendo su trofeo en el morral.

Estuvieron vagando un rato en busca de un bar cercano hasta que dieron con un lugar que les pareció interesante. Una vez que tomaron asiento la charla fue bastante animada. "Te invito lo que quieras, te lo mereces", le había asegurado él. Ella miró el menú con detenimiento antes de decidirse por una bebida dulce multicolor con una cereza de adorno. Él ordenaba sólo cervezas, demorándose en cada una. Sin embargo, se encargaba de que el vaso de ella nunca estuviera vacío. "Aguantas muy bien el alcohol", susurró más tarde, extrañado porque llevaban más de tres horas en el lugar, Ania bebiendo sin tregua pero sin dar señales de haberse emborrachado.

Después de lo que le pareció una eternidad ella por fin tuvo que ir al baño. Cuidando que nadie lo viera, el médico sacó de su cartera una bolsita de plástico con un polvo claro, echó el contenido en el vaso que aún tenía medio coctel de color neón, lo mezcló con el agitador, nervioso, y luego sacó su celular para distraerse hasta que vio aparecer a la chica, que volvía sosteniéndose de la pared. "Ahora sí ya me hicieron efecto esos tragos". Se sentó tan torpemente que hizo tambalear la mesa. La bebida se desparramó encima del pantalón de él, quien no pudo reprimir una mueca de enojo, pero Ania no pareció darse cuenta. "Bueno, te pido un Uber", dijo, frustrado, sin poder ocultar el fastidio en su voz. "¿Entonces no me vas a llevar a conocer a tu cuervo", le contestó para su sorpresa, arrastrando un poco las palabras.

43

En el trayecto no supo qué decir, pero no resultó importante: pronto ella dormitaba con la cabeza apoyada sobre el pecho de él, quien podía oler el shampú floral, escuchar la respiración irregular, sentir el aliento tibio que le traspasaba la camisa. No se molestó en ocultar el bulto en su entrepierna cuando tuvo que bajar a la chica cargando. Tampoco se molestó ya en mostrarle la jaula del cuervo, cubierta con una tela negra.

En cambio, siguió de largo hasta la habitación. Al depositarla en la cama ella abrió los ojos un momento. Se dejó quitar la ropa sin protestar, a pesar de que él se la arrancaba con brusquedad, pero no quiso sacarse las botas.

El médico se colocó encima y comenzó a penetrarla con tal violencia que hacía al pequeño cuerpo sacudirse. Ella lo rodeó con sus brazos, dejó escapar unos gemidos leves. "Me estás aplastando, ¿puedo ir yo sobre ti?", se quejó. Eso lo sacó de su estado extático y concentrado. Le costó algún esfuerzo contener la ira, sin embargo, accedió y se acostó boca arriba. Su miembro se había ablandado por la interrupción, pero Ania lo tomó con los dedos y lo frotó. Después se montó a horcajadas y comenzó a moverse de un modo salvaje que hizo que el semen se le agolpara de nuevo en unos segundos. Él mostró los dientes en una mueca feroz, la jaló del cabello con una mano mientras con la otra le apretaba un seno sin ningún tipo de delicadeza, intentando hacerle daño. Quería que aullara. Estaba a punto de eyacular cuando un sonido parecido a un gorgoteo le hizo abrir los ojos. Entonces vio el rostro de Ania distorsionarse de un modo antinatural: la boca se abrió a un grado humanamente imposible, los ojos inyectados de sangre brillaron hundidos en las cuencas. Una negrura que escapaba de la garganta invadió por completo la estancia como humo o un montón de insectos. Los brazos y piernas se alargaron cual tentáculos, le rodearon el cuerpo con fuerza opresora, el sexo absorbía al suyo con brutalidad.

El médico luchó por zafarse sin éxito, invadido por una angustia que asfixiaba. Quiso gritar, pero ella aproximó la cara, absorbiendo todo aliento o sonido. La visión le resultó tan insoportable que se desmayó.

***

Ania se levantó y se limpió la boca tranquilamente, recuperando su forma anterior, con un gesto de satisfacción glotona. "Gracias por alimentarme", escribió con su lápiz labial en el espejo que estaba frente a la cama.

Luego sacó de su bota un bisturí, cortó un trozo del glande del médico sin miramientos y se dirigió con una sonrisa a la jaula del cuervo: "Tú, vienes conmigo, bonito", dijo, con el brazo doblado frente a él para que se aferrara, ofreciéndole a cambio el soborno sanguinolento recién obtenido.

Violeta García (1984, Ciudad de México) es escritora y artista visual. Maestría en Historia del Arte Mexicano por la UASLP. Libros: *Suite Pabellón Psiquiátrico* (Clara Beter 2020, dramaturgia), *Siniestro* (Clara Beter 2019, cuento), *Autorretrato en Paisaje de Tinieblas* (Paso de Gato 2018, dramaturgia), *Relatos Urbanos* (Sin Nombre, 2009, cuento), *Mitología de una Ciudad Enferma* (Ponciano Arriaga, 2011, cuento). Cofundadora del colectivo "Asteroide Errante". Becaria de FECA (cuento, 2009 y 2015, fondo editorial 2011). Premio Manuel José Othón de Literatura 2017. Exposiciones: "Erótica Profana" y "El Amor que no se atreve a decir su nombre" (2011), "En busca de los Paraísos Artificiales" (2012) y "Obsesiones" (2013).

Gatos

Magdalena López Hernández

A Church

A penas puso un pie frente a la entrada del departamento cuando comenzaron a maullar.

Dejó las bolsas cargadas de comida en el suelo y escudriñó sus bolsillos hasta dar con la llave. Abrió la puerta, los gatos se extendían por el pasillo como una cortina de hollín que se frotaba, ronroneando, contra sus piernas. Caminó a la cocina, y mientras el suelo se invadía de hocicos hambrientos, ella llenaba los comederos que, uno a uno, colocó en el piso. Recargada sobre la estufa veía a los gatos con las croquetas rebotando entre el paladar y la lengua, y sus colas culebreando sobre el suelo.

Se puso en cuclillas. Pasó la mano sobre uno de los tantos lomos negros, el cual volteó para, en medio de un alarido, enterrarle los colmillos. Vio en su mano el tono rojizo de la piel al desnudo. Las punzadas le bailaban sobre la herida al tiempo que el dolor se le escurría entre los dedos en riachuelos de sangre. El gato, con la piel arrancada paseando entre los dientes, la miraba; su nariz escudriñó el aire para luego, sigiloso, acercarse a ella con las pupilas dilatadas. Brincó y se acurrucó en sus rodillas. Con la lengua removió los finos caminos de sangre. Ronroneaba. El gato limpiaba y ella se dejó limpiar hasta que creyó necesario remplazar las atenciones de aquella lengua por un botiquín de primeros auxilios.

Llegó al baño. Con un trozo de papel terminó de retirar la sangre. Destapó el alcohol, inclinó la botella: cayó directo. Cerró los ojos dejando que el ardor se expandiera en su aparente labor desinfectante. Luego la venda, la cinta asegurando la venda y sus ojos atendiendo al agudo llamado de los ojos verdes que se levantaban sobre el suelo.

—No te preocupes. Está bien —dijo rascando la cabeza del animal que, ante el tacto, se relamió los bigotes.

Salió del baño. Contempló a los gatos aglomerarse en un rincón, enterrando las garras en los cojines hasta amoldarlos a su comodidad. Ella se estiró. El cansancio irrumpió en su cuerpo en un bostezo. Apagó las luces. Se dirigió al cuarto. Preparó la cama; al igual que los gatos, la amoldó a su cansancio. Cerró los ojos.

En el suelo el gato maullaba.

Se levantó con el peso del sueño sobre los hombros. Abrió la puerta que daba al arenero. Pasaron quince minutos, veinte, media hora, y el animal se limitaba a mirarla como una sombra. Molesta, cerró la puerta y regresó a la cama. Por segunda vez se envolvió en la calidez de sus sábanas. Selló los párpados en otro bostezo.

El gato maullaba.

Maullaba.

Maullaba.

Ella se cubrió la cabeza con las sábanas y ensordeció los oídos con la palma de sus manos sin dejar de ver, del otro lado, el resplandor verdoso que le recordaba la presencia del gato.

—No sé qué quieres, no sé quieres —le repitió hasta quedar devorada por el sueño.

Después de un rato, el gato guardó silencio. Sacó las uñas y trepó por la colcha. Permaneció con los ojos fijos en el cuerpo mientras la cola trazaba figuras en el aire. Unos minutos y se aproximó a ella con el sigilo del silencio. La lengua áspera acarició la curva del cuello. Enterró los dientes. Extrajo un pedazo de carne que fue de un lado a otro de la dentadura.

Frente al sutil olor de la muerte, las cabezas de los gatos se asomaron por la puerta. Brincaron a la cama, para después desplegarse a lo largo del cuerpo. Mientras el gato terminaba de limpiar las vértebras del cuello con el hocico salpicado de carne, los demás comenzaron a agrietar la piel con sus pequeños incisivos para abrirse paso al platillo principal.

***

Los gatos se encaminaron en hilera hasta su rincón. La lengua les deambulaba sobre las patas y entre los dedos en una ardua labor de acicalamiento. Una vez más, ajustaron sus cojines. El cansancio les entró en un largo bostezo.

Magdalena López Hernández (Ciudad de México, 1992) es licenciada en Literatura y Creación Literaria por el Centro Cultural Casa Lamm; egresada de la maestría en Literatura Mexicana Contemporánea de la Universidad Autónoma Metropolitana. Ha publicado cuentos y ensayos en revistas y medios digitales como *Revista Alarma!*, *Algarabía*, *Bicaal'ú*, *Penumbria*, *Zarabanda*, etc. Es autora de la antología de cuento *Insomnes*, editada por La Tinta del Silencio en el 2020. Sus líneas de interés son el crimen, la violencia y el terror en la literatura.

Penny Waisman (Midnight Surfers)

Hemil García Linares

*After the guy was dead and the smell of his burning body
was off the air, we all went down to the beach.*
Stephen King, "Night Surf"

Nadie la vio llegar hasta que estuvo cerca a ellos que se calentaban alrededor de la fogata. La noche de luna llena iluminaba el horizonte dejando una estela plateada que parecía extenderse hasta el infinito.

Sin duda ella debió venir desde el lado derecho de la playa porque del otro extremo estaba el restaurante del muelle y la iluminación era tal que resultaba imposible no ver a alguien aproximarse.

—Hola, *¿Qué haciendo?* —dijo ella con esa frase tan limeña. Tenía un wetsuit negro con bordes rosados en los hombros y una tabla de surfear blanca. No era muy alta, pero se veía atlética. Cabellos azabache, labios pequeños, un rostro simétrico. Para ser surfer parecía que no había estado en el mar por décadas. Lucía una tez blanca, casi pálida.

—Hola, friend. Siéntate—dijo Jimmy, el de cabellera rubia hasta los hombros. Tenía el wetsuit abierto hasta la cintura.

—¿Cómo te llamas, amiga? —preguntó Bernie.

—Penny. Penny Waisman.

—¿Eres familia de los Waisman que viven en…? preguntó Joan.

—Todos los Waisman aquí somos familia, ¿Por qué? —dijo anticipándose.

—Hmmm…por nada. Creí que conocía a unos Waisman…creo que el apellido es Weismar—respondió Joan.

Los tres eran amigos desde la escuela primaria en el colegio americano R en Lima. Ahora estaban en el último año de secundaria. Todo el verano corrían tabla juntos en Makaha, La Pampilla, Punta Rocas, Cerro Azul. El verano anterior habían corrido en Redondo Beach, California.

Penny se sentó mientras Jimmy armaba un porro de mariguana. El viento de junio soplaba con fuerza.

Fumas, ¿my friend? —preguntó Jimmy sonriendo mientras prendía el encendedor. Aspiró una fuerte bocanada.

Yes, I do, very kind of you —dijo Penny en perfecto inglés y agarró el porro.

—¿Ya ves, Jimmy? ¡Por hacerte el gringo, huevón! —dijo Joan riéndose.

Penny, este se alucina porque ha vivido un mes en Miami —acotó Bernie.

—¿Miami? Excuse me! Me sale ronchas con tanto peruano allá. He estudiado un año de High School en Virginia —protestó Jimmy.

—¿No eres peruano, Jimmy? —preguntó Penny y pasó el troncho.

—Peruano-alemán e italiano: Schuler Barone —respondió él, levantando el mentón un tanto.

—Injerto de Hitler con Mussolini —dijo Joan. Todo rieron.

—Cállate, oe. ¡Peruano! ¡Nacional! —replicó Jimmy.

—Ya quisieras ser vasco como yo —dijo Joan mientras se ponía saliva en los dedos para no quemarse con el troncho. El olor a mariguana ya flotaba denso, envolvente, burlón.

—Par de huevones. Van a aburrir a Penny. Amiga, estos son tarados, pero buena gente —dijo Bernie recibiendo el porro.

—Tranqui, Bernie —dijo ella y sonrió— ¿Y tú también eres *extranjero*?

—Mi abuelo paterno era polaco, pero somos más peruanos que el carajo, ¿y tú, Penny?

—Peruana, pero nací en Estados Unidos —dijo ella.

—¿En qué parte? —preguntó Jimmy abriendo los ojos.

—Maine.

—Pequeño mundo. Mi tío enseña en una universidad allá. Es medio cojudo y raro, pero es familia y se le quiere igual.

—Entonces es de familia lo cojudo —dijo Joan.

—Cállate, perro. Aquí tu master en la tabla —protestó Jimmy

—¡Tranquilo, campeón mundial —dijo Bernie sonriendo.

El porro dio dos vueltas y al rato empezaron a toser. Retenían el humo de mariguana en los pulmones lo más que podían. Eso aseguraba ponerse "stone" más rápido. En el rostro de Penny relucían unas mejillas sonrosadas, casi rojas, como si tuviera un frío glacial.

Ahora se reían empujándose unos a otros. Se decían perro. Los perros eran aquellos que estaban aprendiendo a surfear. Si te caías de la tabla eras un perro, si no cogías buenas olas eras un perro. Los surfers siempre miraban por debajo del hombro no sólo a los perros, sino a los que hacían

Bodyboarding. Ellos eran peor que perros porque paraban echados y de rodillas a lo mucho: eran cojos.

—Penny, ¿entonces surfeas? —preguntó Jimmy sonriendo de lado.

—¿Para qué cargaría la tabla entonces?

—Hay mucha gente que lleva una tabla por pura finta —dijo Jimmy.

—Yo sé correr tabla, ¿y tú Jimmy? ¿Eres fintero o corres?

—Uyyy —dijeron todos al unísono.

—Oye chiquilla, no hables huevadas, *pes*. Nunca te he visto —dijo Jimmy riéndose.

—Yo tampoco te he visto a ti —dijo Penny.

—Pregunta en esta playa a quién quieras.

—Es una playa de olas chicas —respondió ella.

—¡Te cagaron, Jimmy! —dijo Joan con sorna.

—¡Carajo! ¡Córtala, Joan! —dijo Bernie.

—*Ta mare*. Mocosa. Si fuera de día te daba una lección en el mar —dijo Jimmy

—Entremos los dos a la Pampilla, ahora. Olas más grandes… ¿o tienes miedo?

—¡Chiquilla de mierda! ¡agradece que eres mujer! —gritó Jimmy alterado.

—¡Uy que machito! ¿Qué me vas a pegar?

—Te jodiste, pendeja —gritó él.

—Faggot!

Jimmy se fue encima y ella retrocedió. Le iba a tirar una cachetada y ella retrocedió un poco más, saltó, y girando en el aire, dio una vuelta completa lanzando una patada que pasó a centímetros de la cara Jimmy.

—Te hubiera roto el tabique si hubiera querido. Cálmate—dijo ella.

—¿Crees que sólo tú sabes Tae Kwon Do? —gritó Jimmy que levantó una pierna y dibujó un circulo perfecto en el aire.

—Buen patada, pero no vine a pelear. Tírame la cachetada si eso te hace sentir bien —dijo ella bajando la guardia. Jimmy respiraba agitado como pensando.

—¡Puta madre, Jimmy. Tranqui, huevón. Hemos venido a divertirnos y no a pelear aquí con la amiga —dijo Bernie.

—¡A esta chiquilla no le han dado una buena lección nunca! —espetó Jimmy.

—¡Jimmy, ven aquí! ¡ven conmigo!— intervino Joan.

—¿Qué chucha quieres? —respondió Jimmy. Sus ojos botaban fuego.

—Ven, Jimmy. Brother. Ven —insistió Joan y lo llevó a un costado.

—¡Está bien! Chiquilla, estás con suerte hoy —dijo Jimmy.

Joan lo llevó a unos metros más allá y cuando la distancia era prudente le habló.

—Jimmy, cálmate. Has estado jodiendo a Penny por gusto. No la cagues. Además creo que sé quién es.

—¿Quién es? —inquirió Jimmy.

—Tiene que ser familia de un brother mío del cole: "El brujo" Waisman. Su viejo hace negocios con mi viejo. Ya sabes qué tipo de business. Son peso-pesado.

—¿Cómo sabes que son familia?

— "El brujo" y toda su familia tiene la misma "carabina".

—¿Por qué no se lo dijiste?

—Ya sabes. Mi viejo me dice que cerremos el pico. Me vas a cagar…estoy seguro de que son familia…por eso me hice el imbécil después…

—Ok, sólo por eso, porque eres mi brother…no vayas a pensar que le tengo miedo. Además sabes que mi viejo no es ningún huevón. Hasta guardaespaldas tiene.

—Yo sé, *cuñao*. Por las huevas estamos discutiendo…

—Ya. Ya —dijo Jimmy. Su cara seguía roja. Debió haberse controlado delante de sus amigos. Ellos jamás lo habían visto así.

—Volvieron a la fogata. Bernie y Penny conversaban muy animados.

—Amiga, disculpa. Creo que el porro me cayó mal. Aquí mis brothers me conocen. No soy manolarga con las mujeres. Sorry, my friend Penny.

—It's all cool, dude. De verdad. *Chévere contigo* —aseguró ella.

—Vamos al mar todos —sugirió Bernie.

—Penny, brothers. Los invito al club mañana a almorzar. Surfeamos en plan de once. Yo pago. Mi manera de decir sorry —dijo Jimmy.

—¿Ves, Penny? Este es medio idiota a veces, pero es buen pata —dijo Bernie.

—Sí, no te lleves mala impresión. Somos gente sana y de familia —afirmó Joan.

—Ya pues *gentita*, pero ahora vamos a correr —dijo Penny.

—Se metieron al mar midiendo las olas. La luna se reflejaba en el mar oscuro permitiendo cierta visibilidad.

—¡Yeah! —gritó Jimmy que iba adelante, Penny y los demás venían unos metros detrás. La fuerza y técnica de Jimmy al remar sobre la tabla era admirables, pensó Penny. Era atractivo, muy atractivo, pero por eso mismo era como era.

Vino una ola no muy grande y entonces Jimmy sintió que algo empujaba la tabla a lado izquierdo y hacia el fondo. "What the fuck?". Era imposible que perdiera el balance así y que la corriente empujara de lado y luego hacia abajo.

—¿Estás bien? —preguntó Penny.

—¡Of course! Nunca he estado mejor —respondió Jimmy.

—¡Perro! —dijo Joan

—¡Perro! Ja ja —repitió Bernie.

Animados, avanzaron hasta pasar el final del muelle. Allí nacían las mejores olas. Demostrando que la caída había sido un mero accidente, Jimmy agarró la primera ola, no era muy grande pero era larga como para poder hacer maniobras. Se lució y cuando la ola iba a morir se dejó caer hacia atrás alisándose la cabellera.

Penny, Joan y Bernie atraparon una ola también. Era un poco más grande pero de corta duración. La marea no estaba muy alta en realidad, pero era lo suficiente para correr olas y pasarla bien, como siempre.

Olas iban y venían. Así estuvieron casi media hora.

De pronto la marea bajó un poco y luego un poco más. Las olas eran apenas crestas pequeñas.

—Rarísimo —dijo Joan.

—¡Qué bodrio! —afirmó Bernie.

—¿Salimos? —preguntó Jimmy y sus amigos asintieron.

—Yo voy a remar un poco más adentro —dijo Penny.

—No hay olas. Es en vano —aseguró Jimmy.

—Lo sé. Me gusta ver la luna reflejada en el mar. El agua está tan mansa…

—Te acompaño —dijo Jimmy.

—Gracias —dijo Penny sonriendo. Miró a Jimmy cuyo rostro iluminado por la luna se veía más perfilado. "Es hermoso", pensó. Y quizás por eso era así.

—Acompaño a Penny un rato —dijo Jimmy.

—¿No que no?— dijo Bernie son sorna.

—¡Dorian Gray! —gritó Joan y empezó a remar hacia la orilla. Bernie le siguió.

—¿Vamos? —preguntó Jimmy sonriendo y ahora en control de sí mismo.

Remaron mar adentro y Jimmy pensando que le hubiera gustado estar en otro lugar con Penny. Remaron mar adentro y Jimmy imaginando estar en el club de noche. Estar en el departamento que su padre. Un departamento que parecía oficina, pero que tenía un frigobar, un sofá cama, equipo de sonido y un reproductor de VHS. Y en una caja detrás dentro de un closet películas porno de todo tipo.

—¿En qué piensas, Jimmy? —preguntó ella.

—En nada. Me relajo —aseveró él.

—¿No pensabas en mí? Me estabas mirando…

—Puede ser…

—¿Y qué pensabas?

—Nada especial.

—Poca imaginación, Jimmito.

—Hey. Soy muy creativo.

—A ver…sórprendeme.

—Almorzábamos en el club, surfeábamos. Luego veáimos una peli en el depa de mi viejo…

Las tablas estaban cerca una de la otra y se bajaron de ellas. Estaban frente a frente flotando con los codos apoyados en las tablas. Penny iluminada por la luna parecía ser parte del océano. Una estrella de mar, una ola salvaje, una sirena mítica.

—¿Sólo eso?

—Bueno…

—Pensé que eras más avezado…

—Lo soy…

—¿Agresivo?

—No, amiga. Jamás.

Siguieron remando y estaban ya muy lejos de la orilla ante un mar calmado y definitivo.

—¿Y en tus pensamientos me besas?

—Sí, te beso.

—¿Y si no quiero?

—Eh…si no quieres…normal…

—¿Está seguro?

—¡Claro! ¿Cómo no?

—No te hagas, Jimmy.

—¿De qué hablas?

Entonces, ella lo miró con unos ojos que parecían radiografiarlo, escanearlo entero.

—¡No te hagas el imbécil, Jimmy, ¿por qué?

—¿Por qué? No sé de qué hablas…

—¿Sofía? ¿Svetlana? ¿Úrsula? ¿Ana? ¿Quieres que siga?

—¡Quien sea que haya ido con el chisme no es cierto….!

—¿Yo no he dicho nada? ¿Qué chisme?

—¿Quién te crees? ¿Sabes quién soy yo? —preguntó Jimmy airado.

—Sé lo que eres. Y tú también lo sabes.

—¡Maldita sea? ¿Quién eres?

—¿Quieres saber quien soy? ¿De verdad quieres saber, Jimmito?

Jimmy, sin entender lo que pasaba, empezó a sentir temor. Ella lo sabía.

—¿Por qué Jimmy? Sólo dime por qué.

—Me largo…te dejo aquí sola…no sé de qué hablas.

Sabes que lo sé fue lo que escuchó Jimmy en su mente. Era la voz de Penny. *What the fuck? ¿Cómo era posible?*

Jimmy empezó a remar y antes que pudiera hacerlo una vez más la tabla se le volteó hacia el lado izquierdo y se hundió. Al salir a flote la vio y supo que era ella. Que todo el rato había sido ella.

La marea empezó a subir y una ola se aproximó y luego otra. Cada vez olas más grande. Jimmy quería agarrar una ola grande y salir, pero la marea venía en direcciones opuestas y las olas chocaban entre sí. "What the fuck"?

Vino una ola grande y Jimmy se sumergió con la tabla pues era tarde para correrla. Al salir a flote miró a su alrededor y estaba solo. ¿Penny? ¿Penny estás bien? Por un rato sintió alivió al no verla, pero igual quería largarse de allí. La tabla de Penny tampoco estaba.

Iba a remar cuando sintió que algo lo tomaba con una furia y fuerza descomunal desde abajo del mar.

Jimmy quiso gritar, pero ya estaba bajo el agua y arriba su tabla de testigo. Podía divisar aún la luna. Desesperado y con los pulmones sin mucho aire

61

miró hacía abajo: Penny reía y sus ojos ahora rojos dejaban un trazo de luz ominosa y su rostro parecía cambiar mientras agitaba la inmensa aleta que había remplazado a sus piernas.

Hemil García Linares (Perú, 1971) es Licenciado en periodismo y obtuvo una Maestría en español por la universidad George Mason en donde es instructor de español. Enseña AP Spanish en George Mason HS. Publicó *Cuentos del norte, historias del sur* (2009, 2017), y las novelas, *Sesenta días para abandonar el país* (2011) y *Aquiles en los Andes* (2015), las antologías, *Raíces latinas* (2012), *Exiliados* (2015), coeditor en Proyecto Usher, antología en homenaje a Edgar Allan Poe (2020) y Proyecto Cthulhu (2020). Es el fundador del Festival del libro hispano de Virginia, de la editorial Raíces Latinas y el sello Domus Gothica especializado en literatura de Horror. Dirige talleres de cuento y novela virtuales en Lima (Perú), Tijuana (México) y Virginia. Es escritor afiliado en Horror Writers Association. Es blogger y escribe artículos de literatura de Horror para Amazing Stories y otras revistas virtuales. Vive en Virginia con su esposa Kathya, su hija Miranda y disfruta del mar, las montañas y hacer Kayak.

Pieza 43. *Yokai*

Iñaki Sainz de Murieta

Así, tras acordar la cuantía, dejó caer el auricular del teléfono sobre el interruptor, dando por finalizada la conversación. Un pequeño trozo de cascarilla nacarada denotó que había empleado demasiada energía en ello. Al fin y al cabo, nada dura para siempre, por más que la plata de sus ornamentos pudiera bruñirse una y otra vez.

Aquel aparato había coronado esa misma sala desde que se construyera, hacía ya más de cien años. Ahora, sin embargo, debía compartir espacio con otros elementos mucho más adecuados a las necesidades y requerimientos del siglo veintiuno. Una maraña de cables de todo tipo daba buena cuenta de ello, por más que él procurase ocultarlos. Si su abuelo viese por un momento en qué se había convertido su despacho ministerial, seguramente volvería a saltarse la tapa de los sesos. Lo había hecho en ese mismo lugar, después de recibir una llamada telefónica. Jamás se conoció el autor; menos aún el contenido de la conversación. Los investigadores aludieron que se trataba de un secreto de estado, que era lo mismo que no decir nada. Las palabras se las llevó el viento y el abuelo se tornó en cenizas poco tiempo después. El único testigo que quedaba de aquel crimen estaba frente a él, frío, mudo e inmóvil. Gonzalo se encorvó sobre él, curioso, hasta ver su rostro reflejado en el oscuro lustre del metal. En cierto modo, creyó reconocer las formas y facciones de su abuelo; le gustó lo que vio. Después alzó la vista y contempló el techo artesonado, la piedra vista de los muros y el mobiliario, de estilo ecléctico, que dotaba a la sala de un carácter, afortunadamente para el resto del mundo, único e irrepetible. Aquella habitación era un reflejo exacto de su personalidad. En ella atesoraba su preciada pinacoteca, oculta a propios y extraños gracias a diversos

63

mecanismos y dobles fondos, a semejanza de los rincones más oscuros de su mente. Entonces recordó la nueva obra que estaba por recibir y se dispuso a acondicionar un espacio digno para ella. La factura era más elevada que en otras ocasiones, pero Carlos le había insistido en que quedaría muy complacido. Tras encender el ordenador, realizó la debida transferencia y remitió el justificante por correo electrónico, para que así constase. El concepto era "Pieza 43. Yokai". Como coleccionista de arte, y más aún en este tipo de casos, lo mejor era tener todo debidamente justificado. Quizá algún día fuera calificado de visionario, aunque lo más seguro es que se generase un gran escándalo debido al papel que había jugado su familia en el ámbito político y social. Hasta entonces, era mejor exponer su colección lo menos posible y garantizar así su integridad. Y es que su madre siempre le había insistido en que un secreto compartido es un secreto a voces, en lo que era una clara alusión a la pretendida rectitud moral de su padre; su mentor.

Tras confirmar el ingreso en la cuenta bancaria, Carlos comenzó a retirar la obra de su soporte original y la preparó para su traslado, practicando para ello pequeñas incisiones a medida que levantaba la piel con ayuda de unas pinzas quirúrgicas. Los movimientos de sus manos no eran rápidos, pero sí precisos.

En cuanto la hubo despegado y depositado cuidadosamente en una bandeja de acero inoxidable, observó el cráneo desnudo del cadáver. Lo había escalpado tan limpiamente que, por un momento, pensó que un nativo americano habría estado orgulloso de su trabajo. Al menos, él lo perpetraba sobre carne muerta y no añadía sal sobre la herida sangrante de su víctima, abocándolo a la muerte o a la locura, tal y como acostumbraban a hacer algunas tribus de las grandes llanuras. En todo caso, era un excelente trabajo, a pesar de sus casi setenta años de edad. Muchos le habían animado a jubilarse y dejar así su cátedra de medicina forense en manos más jóvenes, pero él no tenía ninguna intención de hacerlo; no mientras sus manos y su cabeza siguiesen funcionando. Además, todavía contaba con el respaldo de la junta. No había motivos para preocuparse. Al menos, no por el momento. Finalizado el año académico en curso, ya tomaría las decisiones oportunas.

Carlos alzó el cuero y lo observó de cerca a través del cristal de sus gafas. La piel tenía algunas manchas y lunares, pero no ensuciaban el dibujo. Le embargó un sentimiento extraño al reconocer que aquel tejido sería el único y postrero legado de un pobre diablo que ni siquiera sabía a quién encomendar su propia muerte, tal y como demostraba el hecho de donar su cuerpo a la ciencia.

El tatuaje era interesante e inusual, aunque el hirsuto pelo de la víctima había comenzado a cubrirlo. Un poco de agua y jabón deberían de bastar para que la cuchilla se deslizase sin problemas, haciéndolo así visible una vez más. El *yokai*, en este caso un demonio antropomorfo con características bovinas, volvía así a emerger a la superficie. Rara vez había podido dotar a su excéntrica obra de un símbolo tan potente, pues casi toda se veía reducida a frases inspiradoras, mascotas, rostros de familiares y elementos decorativos de escaso tamaño, mayormente pobres en simbología, lo que no dejaba de ser un reflejo de la sociedad que habitaba. La popularidad del tatuaje había terminado por vaciarlo de contenido, una consecuencia más de la globalización y de la fugacidad de sus patrones. Pero este era distinto, era auténtico; *a real tattoo*, en boca de un anglófono.

Después de llevar a cabo la operación, cubrió los restos con larvas de moscardas de la carne y dejó que estas llevaran a cabo su sórdido trabajo. Si todo iba bien, en unos días no deberían quedar sino sus huesos; osamenta que podría usar con sus alumnos, cumpliendo así con las últimas voluntades de quien fuera su dueño. Quién sabe, quizá sus restos aún le revelasen algún que otro secreto digno de mención para sus clases. Con eso en mente, introdujo el cuero cabelludo en su *tupper* de acero inoxidable y se dirigió al coche, guardando el recipiente en la guantera. Era mejor que no estuviera al alcance de curiosos. Al día siguiente seguiría con el trabajo, esta vez en la comodidad de su hogar, donde la piel muerta alcanzaría la categoría de arte.

Ambos se habían conocido muchos años atrás, aunque la ocasión no resultaba demasiado apropiada. El primero era un reconocido investigador forense, al que acudían diversos medios de comunicación cuando salía a la palestra informativa el descubrimiento de una nueva fosa común, mientras que el segundo frecuentaba el circuito cultural y artístico de la capital, pululando por las distintas exposiciones como una polilla atraída por la luz. Sus caminos se habían cruzado en más de una docena de ocasiones los últimos años, pero no había sido hasta el año dos mil cuando habían fraguado amistad, a pesar de la importante diferencia de edad, si es que podía considerarse como tal a una relación esporádica y profesional. Al fin y al cabo, nunca hablaban demasiado, ni compartían las mismas inquietudes, excepto aquella que había de unirlos para siempre hasta el fin de sus días.

Gonzalo se despertó sobresaltado por el ruido que el libro *Misery* había causado al resbalarse de entre sus manos y precipitarse contra el suelo. Tenía la tapa deformada y gastada de tantos golpes que se había llevado desde que veinte años atrás se había convertido en su libro de cabecera. Sus páginas estaban sucias y gastadas, si no rotas, signo inequívoco de su continuado uso. Era el precio que se había de pagar por su fidelidad. Las prostitutas que contrataba casi a diario podían dar testimonio de ello. Rara vez repetían, a pesar de que el dinero nunca era un problema. Y es que la necesidad compulsiva de humillar a otros seres humanos, poseerlos y despojarlos de toda humanidad, no hacía sino confirmar lo enferma y retorcida que era su mente, capaz de emponzoñar todo cuanto tocaba, por muy puro que fuese. La comprensión y gestión de lo que él entendía como arte no era muy dispar.

Desde que era niño, antes incluso del suicidio de su abuelo, sus maestras de escuela ya habían dado aviso de sus preocupantes comportamientos antisociales y de su agresividad, llegando a expulsarlo durante varios meses del centro educativo ante el grave perjuicio que suponía su presencia para otros compañeros. Para intentar reconducir su educación, sus padres contrataron a diversos tutores que pudieran ejercer una positiva influencia sobre él. Eso creían. Eso esperaban. La única verdad es que Gonzalo comprendió demasiado joven que podía comprar la compañía de otros a cambio de una pequeña remuneración económica. Así, naturalizó que podía convertirse en el dueño de otras personas el tiempo que le fueran precisas; ni más, ni menos. Cuando se percató de que sus profesoras tendían a ser generalmente jóvenes estudiantes universitarias y que su padre se mostraba especialmente cariñoso con ellas, entendió que su madre se divorciara de él. Para entonces tenía ya trece años y su abuelo se había quitado de en medio el año anterior. A partir de ese momento, la libertad se extendió ante él como un campo de amapolas regado con alcohol y nutrido con la fortuna familiar.

Unos días más tarde, Carlos dio por terminado su trabajo. Se trataba de una magnífica pieza de arte, con un marco igualmente digno. No recordaba el dibujo tan perfilado, pero no le dio demasiada importancia. Estaba más cansado que de costumbre, pero no era menos cierto que cada día era más viejo. La edad rara vez perdona y la memoria no es la más fiel de las atribuciones humanas. Además, ese tatuaje le tenía intranquilo. No había conseguido dormir ninguna de las noches en las que aquel demonio había compartido techo con él, llegando incluso a adentrarse en sus propios sueños, convirtiéndose en el eje central de unas vívidas pesadillas de las que se levantaba completamente exhausto. Por muy orgulloso que se sintiese de su trabajo, quería quitárselo de encima cuanto antes.

Tras completar el *book* fotográfico del proceso con una última instantánea, introdujo la pieza con sumo cuidado en un gran paquete acolchado de correos, amortiguándolo con planchas de polietileno expandido en ambas caras. Siempre había usado el mismo sistema y nunca le había fallado. Por último, escribió el nombre y la dirección de Gonzalo. Con eso debería bastar. Antes de salir, tomó un vaso de agua y un par de pastillas contra el dolor de cabeza. No le habría de durar mucho. Apenas unos minutos más tarde, un camión con los frenos gastados se lo llevó por delante.

Aquella mañana, Gonzalo descubrió que la prostituta de la noche anterior se había olvidado de algunas de sus bisuterías entre las sábanas. Las guardó en una caja, junto a otras y la dejó sobre la mesilla de noche. No era la primera vez que actuaban así con él para que volviese a llamarlas, engatusarlo y que así volviese a contratar sus servicios. Había que asegurar el negocio, más aún si era tan lucrativo. No solía conceder segundas oportunidades, pero en el caso de aquella chica tal vez hiciese una excepción. Tenía un cuerpo perfecto para su oficio, esculpido a base de cirugía, y unos movimientos que sabían acompañarlo. Al hacer memoria y repasar lo acontecido, no pudo evitar una nueva erección. Había sido una noche memorable. Se quitó los pantalones y se sentó en el sofá, con su miembro enhiesto y palpitando.

Acababa de eyacular cuando sonó el timbre. Se vistió todo lo rápido que pudo y se acercó, con paso apresurado, hasta la puerta principal. Al entreabrir la puerta, sintió que el mundo daba un vuelco. La policía llamaba a la puerta. Una joven agente y su oficial superior la flanqueaban.

—¿Gonzalo Ortega?

—Sí, ¿quién es?

—Somos agentes de policía. Querríamos hablar un momento con usted.

—Claro —añadió con un deje de duda— Pasen.

—Muy amable, pero no es necesario.

—¿Qué ocurre?

—Le traemos este paquete.

—No entiendo.

—Su dueño, el señor Carlos Pacheco, ha sufrido un terrible accidente y ha fallecido. Hemos encontrado el paquete entre los restos y hemos pensado podríamos traérselo personalmente, ya que su nombre figura en la dirección de entrega. ¿Lo conocía personalmente?

—Así es. Éramos…, —tosió y reformuló la frase— compartíamos algunas aficiones. Perdónenme, pero no esperaba una noticia semejante —Los tres guardaron silencio mientras Gonzalo toqueteaba nervioso el paquete— ¿Cómo ha sido?

—Un accidente de tráfico. Un camión de ganado se lo llevó por delante. El sobre y su contenido es todo lo que ha quedado de una pieza, al menos, aparentemente. Debe firmar el recibo para que se lo podamos entregar.

—Sí, claro, ahora mismo. No sé cómo agradecerles tantas molestias.

—Quizá… —añadió ella— Sé que va en contra del procedimiento, pero si no tiene inconveniente, le agradecería que me permitiese usar su servicio. Higiene femenina, ya me entiende.

—Sí, por supuesto. Tiene un pequeño cuarto de baño siguiendo este pasillo a la derecha. La tercera puerta, si no me equivoco.

—Gracias.

Mientras ella entraba en la casa, Gonzalo se quedó inmóvil, mirando alternamente al oficial y al paquete. Pasados unos minutos, este rompió el silencio. No era la primera vez que ambos se encontraban en una situación similar.

—¿No tiene curiosidad por saber qué contiene?

—¿El qué?

—El paquete.

—Oh, bueno, sí, pero no quiero ser descortés.

—Por mí no se preocupe. Puede abrirlo si quiere.

—Prefiero hacerlo luego. Ya sabe, no me gustaría ponerme demasiado emocional delante de ustedes.

—¡Hum! Me imagino —añadió mientras observaba con repugnancia la mancha de semen en el pantalón— Ah, ya estás de vuelta.

—Sí. Le gusta el arte por lo que veo, señor Ortega. Tiene unos cuadros muy interesantes.

—¿Entiende usted?

—Algo más que la mayoría, sí. Mi padre es marchante.

—En ese caso, estaría encantado de enseñarle mi colección en otro momento. No me importaría deshacerme de algunas piezas que llevan demasiado tiempo entre estas paredes. El dinero no sería un problema.

—Entonces, seguro que podemos arreglarlo.

—¡Magnífico! ¿Quiere que le apunte mi dirección?

—No es necesario. Tenga mi tarjeta. Llámeme cuando quiera.

—Así lo haré. Una última pregunta, agente.

—Dígame.

—¿Le gustan a usted los tatuajes?

—Sí, claro. De lo contrario, no me habría hecho ninguno.

—En ese caso, tenga por seguro que la llamaré.

Finalizada la conversación, los dos agentes se introdujeron en el coche y llamaron por radio a la central mientras se ponían en camino. El cebo había dado resultado. La operación estaba en marcha.

En el salón familiar, Gonzalo observaba el paquete con deleite, sabiendo que la última pieza de Carlos estaba en su poder. Cogió un abridor de cartas y sajó el plástico de un extremo a otro. En ningún momento se percató de que faltaba una de las protecciones de plástico. Al descubrir la pieza, se maravilló de la nitidez de sus líneas. Carlos no le había mentido al asegurar de que valía la pena. Se reclinó en el sillón y la alzó sobre sus ojos, mirándolo fijamente. Entonces, cuando la imagen dejó de ser un objeto borroso y pareció cobrar vida, el cristal protector explotó haciéndose añicos y vivenció la imagen de su abuelo saltándose la tapa de los sesos como si fuera él mismo. Por un instante todo fue oscuridad y la piel muerta cayó sobre la mesa. Pero lo más extraño de todo era que el tatuaje había mutado en aspecto. Seguía siendo un *yokai*, pero ahora una extraña figura se alzaba tras él. Eran los mismos rasgos de su abuelo. Esos que al verse reflejado en el teléfono había reconocido como propios. No era lo único que había mutado. Su sombra ahora era muy distinta.

Iñaki Sainz de Murieta (Donostia-San Sebastián, 1985) es un docente, escritor y guionista guipuzcoano que trabaja principalmente la ficción, habiendo recibido por ello distintos premios y menciones. Entre sus publicaciones más relevantes caben destacar la colección juvenil "Las aventuras de Kanide", que cuenta ya con seis volúmenes publicados, y el cómic *El ocaso mexica - Moctezuma Xocoyotzin* (Editorial Verbum); estos no son, sin embargo, los únicos títulos de su extensa obra. También ha participado en distintas antologías y proyectos ligados a su formación como antropólogo social y cultural, dinamizando y participando activamente en distintas actividades en beneficio de reconocidas fundaciones de ámbito nacional.

Morfeo

Randolph Markowsky

1

Beverly se despertó sobresaltada al escuchar el ruido proveniente desde algún lugar indeterminado de su habitación. Pronto se volteó a encender la pequeña lámpara sobre su mesa de noche. Sin embargo, al accionar el interruptor nada sucedió.

Alarmada, se sentó sobre la cama tratando de aguzar el oído mientras su visión buscaba adaptarse a la oscuridad reinante. El silencio, que en ese momento lo envolvía todo, fue roto por el chirriante sonido de la puerta de su armario al abrirse.

La muchacha ahogó un grito de espanto al visualizar entre las sombras que iban contorneándose al interior de su cuarto, una figura informe que se encontraba agazapada sobre el amplio escritorio situado en la parte lateral derecha de la habitación, al costado del armario. Un escalofrío recorrió su espina dorsal cuando, a pesar de que no lo veía con claridad, podía sentir la presencia de aquello que la observaba con malevolencia, encaramado como un animal acechante.

Entonces aquella silueta dio un ágil salto hacia adelante, dirigiéndose en dirección a la cama hasta colocarse frente a ella. La alta figura la observó ladeando la cabeza, desde un rostro que era todavía un borrón impreciso.

—Duérmete mi dulce niña— le dijo mientras le arrojaba un fino polvillo sobre los ojos.

73

El detective de homicidios Anderson contemplaba ceñudo la escena de aquel espeluznante crimen. Una familia entera había sido masacrada, contabilizándose siete casos hasta el momento en el intervalo de medio año. El padre, la madre y un niño de once años habían sido degollados en medio de la madrugada, sin embargo, al igual que en los casos anteriores, la hija adolescente había llevado la peor parte, pues el cuerpo desnudo de la muchacha yacía ultrajado y sin vida sobre su cama, con el bello rostro otrora de agraciadas facciones, crispado de manera grotesca en una mueca de espanto, convertido en una horrible máscara ciega, pues sus ojos arrancados de cuajo reposaban a un lado, colocados con mimo encima de la almohada.

El modus operandi del perpetrador había sido el mismo que en anteriores ocasiones. Familias con una hija adolescente, donde los padres y hermanos habían sido ejecutados primero después de ser adormilados con gas, posiblemente óxido nitroso. Luego el asesino procedía a anular el suministro eléctrico de la casa, antes de ir por las indefensas jovencitas.

A pesar de su amplia experiencia en casos con asesinos y depredadores sexuales, Anderson se sintió mareado contemplando el mancillado cuerpo de aquella desventurada muchacha, pues el detective tenía una hija en edad similar a la de la víctima.

Nada podía curtirte para aquel penoso trabajo, pensó en aquel momento el detective. Cuando creías haber descendido todos los escalones hacia el corazón del infierno, muy pronto te encontrabas con el pie tanteando un peldaño más abajo. Y Anderson había descendido ya demasiados escalones.

—¿Qué clase de monstruo podría hacerle esto a una muchacha?— era la detective Gibney quien había hablado, sacándolo de su ensimismamiento.

—El hombre de arena— dijo en voz alta el forense Morgan situado a su izquierda, contestando aquella pregunta retórica, mientras recogía los globos oculares con una pinza, tomándolos con delicadeza por los filamentos para depositarlos dentro de una bolsita rotulada.

El hombre de arena. El hombre del saco. Boogeyman. De todo ello hablaba ya la prensa sensacionalista exacerbando el pánico en la población. Sin embargo, el asesino había ya recibido un nombre oficial en los expedientes policiales: *Morfeo.*

3

¿Por qué corta el suministro eléctrico?, ¿para acrecentar el pánico en sus víctimas atacándolas en complicidad con la tenebrosa oscuridad? ¿Utiliza algún artilugio que le permite obtener ventaja en esta situación?, ¿un visor nocturno quizá...?

¿Por qué les extirpa los ojos?, ¿existe algún simbolismo o ritualismo en ello? Morfeo. En la mitología griega es el dios de los sueños. Es el principal de los Oniros. Engendrado por Hipnos, su padre, el sueño mismo y por Nix, su madre, la noche umbría. Es el hombre de arena del folclore anglosajón. Pero en su versión apócrifa, en lugar de inducir el sueño en los niños, les arranca los ojos.

4

Morfeo. Hijo de Nix. Su madre. La noche umbría.

Esta idea quedó flotando largo rato en la cabeza del detective. Se encontraba ahora en la comisaría conectado al internet y a los archivos privados de la policía. Decidido, buscaba en la red información acerca de parafilias relacionadas con la noche, encontrando referencias acerca de la nictofilia, definida como una preferencia fuera de lo normal hacia la oscuridad y la noche. Sin embargo, ello no necesariamente implicaba un comportamiento sexual patológico como en el caso de otras filias. De nuevo otro callejón sin salida.

—Piensa, Anderson— se dijo a sí mismo, agobiado, golpeándose la frente con la palma de la mano, pues el tiempo apremiaba.

75

—¿Qué tal si …?— reflexionó de pronto, pensando entonces en las fobias, pero ahora en aquellas que representaban una aversión hacia la luz y el día. *Morfeo* atacaba de noche, en completa obscuridad, asegurándose siempre de que no hubiese ninguna intromisión lumínica durante sus crímenes.

5

—Existe una variedad de condiciones de la vista relacionados con una foto sensibilidad patológica —comentaba por teléfono al detective Anderson el doctor Harper, presidente del consejo de oftalmología de la ciudad —Por ejemplo, existe el denominado ojo albino, anomalía genética de la retina debido a que esta no se formó de forma adecuada durante el embarazo por falta de melanina. También existe una foto sensibilidad asociada a la poca pigmentación en el iris en aquellas personas que tienen los ojos claros.

—Sin embargo, tengo memoria de un paciente (el tono de Harper se ensombreció en aquel momento) que fue traído por su madre a mi consultorio debido a que el muchacho había desarrollado una condición congénita de morbosa sensibilidad a la luz, la cual le ocasionaba agudísimos dolores en la vista ante cualquier exposición hacia la misma, ya sea de origen natural o artificial.

Cuando le practicamos los exámenes médicos de rutina, todo nuestro equipo médico quedó atónito. Pues su vista presentaba una anormal profusión de células foto receptoras bastonadas, es decir aquellas que sólo permiten ver en la oscuridad. Asimismo, tenía una carencia absoluta de células cónicas, requeridas para la visión durante el día. Tal como sucede detective, por ejemplo, en los murciélagos.

Lamentablemente en aquella época la medicina oftalmológica no estaba aún tan avanzada, por lo que poco pudimos hacer por aquel pobre crio, de manera que aconsejamos a la madre seguir el tratamiento de una persona invidente, quedando el Braille como la única opción viable para su adaptación.

6

Eran las cinco de la tarde cuando el apretado grupo de patrullas llegó con discreción a la quinta cuadra de la avenida Billings, deteniéndose frente a un enorme y sucio caserón en apariencia deshabitado, pues todas sus ventanas habían sido condenadas con enormes tablones clavados desde el interior.

A la orden del detective Anderson el grupo de agentes se apelotonó delante de la entrada principal, la cual fue derribada con un ariete rompe puertas, exponiendo la densa oscuridad que gobernaba en el interior del recinto. Por unos breves instantes, pareció que la luz del exterior se veía imposibilitada de abrirse paso a través de aquella negrura impenetrable. Sin embargo, el preparado equipo de agentes tenía instrucciones precisas, de manera que, ciñéndose los modernos visores nocturnos, ingresó a la residencia con Anderson al frente.

—¡Por los putos los clavos de Cristo! ¡Esto es el jodido reino de las tinieblas! ¡No es posible que alguien pueda habitar este maldito lugar! —exclamó uno de los agentes, expresando una idea que flotaba ya en la cabeza de todos, mientras los punteros laser de los rifles de asalto horadaban las sombras. Con precaución cruzaron una amplia sala rodeando la avejentada mueblería, dirigiéndose hacia una escalera situada en la parte trasera, que parecía conducir hacia el piso superior.

De pronto, algo se movió en lo alto en el descansillo de la escalera y un objeto salió despedido desde allí, rebotando sobre la superficie de la sala. Casi como un acto reflejo, los agentes rociaron una descarga de balas hacia aquella posición. En la planta baja, un sonido sibilante se escuchó entonces, pero el experto grupo se colocaba ya las mascarillas antigás que portaban como parte complementaria de su equipo de asalto, antes de que la tóxica emanación los envolviese.

Anderson había creído escuchar un quejido luego de la descarga de fuego, así que se dirigió hacia la escalera con la punta del rifle por delante. Al llegar al piso superior sus sospechas se vieron confirmadas, cuando a través del visor pudo observar un rastro de sangre que discurría pasillo adelante.

El detective hizo señas al grupo. Uno de los agentes se adelantó del resto a reunirse con él y ambos se dirigieron con cautela siguiendo el reguero de sangre que conducía hacia una habitación al fondo del pasillo, mientras el resto cubría la retaguardia.

De forma sincronizada y con una vigorosa patada, abrieron la puerta hacia adentro, develando una figura que yacía tumbada al interior de aquella vacía habitación de paredes desconchadas.

7

—¡Jamás podrán detenerlo! —gritó la mujer con voz estrangulada mientras tosía escupiendo sangre. El escuadrón de asalto la había rodeado y le habían quitado el visor nocturno que portaba, así como la pistola que tenía en su sobaquera. Una bala le había perforado el pulmón derecho y otra se había alojado en su estómago, por lo que yacía recostada sobre el charco de su propia sangre.

—¡Salve a la noche!... porque es la madre de todos los terrores...— susurró antes de exhalar su último aliento, aquella veterana ex policía, mientras el pelotón observaba incrédulo a quien había parido a aquella abominación a la que todos llamaban *Morfeo*.

Flotó un silencio incómodo al interior de la habitación en penumbra, sin embargo, pronto fue roto por el ruido de la estática de una pequeña radio que la mujer llevaba oculta al interior de unos de sus bolsillos.

—¿Papá?... ayúdame... por favor... estoy... muy asustada... yo solo quería... aquella mujer... me engañó... está todo... tan oscuro... silencioso... solo escucho... esta voz... me dice... cosas horribles... quiere que vengas... papá... tu solo... o si no... —se oyó la aterrada voz de una niña, que luego se quebró echándose a sollozar con desconsuelo.

El detective sintió la sangre helársele en las venas. Su peor pesadilla se estaba materializando. Pues aquella era la voz de su pequeña hija Abigail.

Una risa cavernosa, inhumana, brotó desde la radio, retumbando y ocasionándoles un sobresalto a todos los presentes. Anderson tomó con decisión apretando el dispositivo entre sus manos. Pero no dijo nada a continuación. Sabía dónde encontrar al monstruo.

8

El estruendo causado por el enorme convoy de patrullas, con sus sirenas encendidas, llegando a las dos de la madrugada a la antigua mina ubicada en los límites de la ciudad, era ensordecedor. Dos helicópteros sobrevolaban asimismo la zona iluminándola desde el aire con sus potentes faros reflectores, mientras las aves huían espantadas de la arboleda circundante.

El detective Anderson se encontraba ahora parado frente a la enorme gruta de entrada a aquellas sombrías catacumbas, rodeado del resto de agentes, inspeccionando su equipo. Iba a ingresar en solitario en aquella tenebrosa boca del lobo, tratando de salvar la vida de su pequeña hija y dar cacería a aquel perverso criminal.

Con paso decidido ingresó entonces por la enorme cavidad que parecía tragarse la noche entera, amartillando su arma reglamentaria, mientras recibía comunicación de uno de los helicópteros —Aquí águila uno detective. Estamos detectando dos grandes rastros de calor al interior de la caverna. Uno de ellos se encuentra estático unos quinientos metros desde su posición actual. El otro… se mueve bastante rápido… al parecer va en dirección hacia usted…

—Entendido, Águila uno —respondió Anderson mortalmente serio antes de continuar.

9

Anderson había recorrido ya más de un centenar de metros al interior de aquella infernal sima, en permanente estado de sobresalto, debido a las cosas, supuso que serían roedores, que se desplazaban bajo sus pies y que se deslizaban también por encima del abovedado techo de la gruta. Su resuello era agitado y podía sentir el martilleo de su corazón palpitando en sus oídos. Creyó escuchar entonces unas pisadas por adelante. Su instinto le decía que se encontraba cerca. Pero lo que sucedió a continuación fue tan rápido, que no tuvo capacidad de reacción.

Una sombra enorme apareció desde el flanco izquierdo de su limitado ángulo de visión, embistiéndolo con la fuerza de un tren. El detective rodó por la húmeda superficie del suelo, pero logró ponerse de rodillas y disparar dos veces. El destello de los disparos le permitió observar de manera fugaz la descomunal y zigzagueante forma que lo atacó otra vez sin darle respiro, con el ímpetu de un ciclón.

Un violento golpe le aporreó el rostro destrozándole el visor y arrancándoselo de la cara, dejándolo aturdido y sumido en una oscuridad absoluta. No tuvo siquiera oportunidad de gritar, ni de inquietarse por la sangre que sintió resbalando por sus mejillas desde su nariz quebrada, pues unas manos enormes como zarpas se clavaron sobre su rostro, con los pulgares presionando brutalmente sobre sus ojos. El terror que sintió en ese momento fue indescriptible.

En un último acto desesperado, Anderson introdujo su mano derecha al interior de uno de los bolsillos de su chaleco. Luego de escucharse un delicado click, algo rebotó en el suelo y un fulgurante destello invadió el recinto, con la potencia avasallante del estallido de la luz primordial desgarrando la oscuridad primigenia. Luego el silencio y las tinieblas lo envolvieron todo.

10

Anderson se despertó desorientado, bizqueando y con un tremendo dolor en el costado derecho. Sus ojos lagrimeaban, no obstante, pudo distinguir la silueta de alguien sentado a su costado.

Por un momento el miedo lo invadió, pero pronto se tranquilizó al escuchar la familiar voz de la detective Gibney —Tenemos a *Morfeo*. Aquella granada cegadora, le ocasionó un daño tremendo. Les ha salvado a ustedes la vida, detective.

La puerta se abrió en ese momento y Abigail ingresó a la habitación del hospital donde Anderson se hallaba internado. La niña lo abrazó sin decir palabra alguna, con una intensidad que conmovió al duro detective. Luego se sentó a su costado y le dirigió una sonrisa tan resplandeciente, que disipó de inmediato las brumas que se cernían sobre su acongojado corazón.

11

En el pabellón "M" de la penitenciaría de máxima seguridad de la ciudad, una nueva celda había sido acondicionada de manera bastante singular. Esta no contenía barrotes, si no una gruesa película de vidrió irrompible que filtraba la luz del exterior.

Envuelto en sombras, al interior de ésta, una inquietante forma se movía de lado a lado como una si fuese una pantera enjaulada, escrutando hacia afuera desde unos tenebrosos ojos opalinos, que se dice, ni siquiera los más veteranos carceleros podían sostener sin evitar estremecerse.

Randolph Markowsky (Lima, Perú). Ingeniero y escritor, es creador de los blogs "He visto cosas que no creeríais" y "Coloquios de terror", así como de la comunidad "Misterio, terror, ciencia ficción y fantasía", dedicados a estos géneros tanto en la literatura como en el cine. Ha publicado anteriormente en diversas antologías entre las cuales destacan *Manuscritos de R'yleh. Homenaje a Lovecraft de Autores Peruanos* (2018), *Cerdofilia* (2018), *Horror Queer* (2018) y *Cuentos Satánicos* (2020) de la editorial Cthulhu, así como en las antologías *Cuentos sobre Brujas* (2019) y *Cuentos sobre la Luna* (2019) de la editorial El Gato Descalzo.

Un nuevo hogar

Tania Huerta

"Era un niño muy bueno y solitario,
Un amigo tenía nada más,
Iban juntos por todos los lugares,
Tenían la felicidad,
Siempre juntos en todos los momentos,
Muy unidos se amaban de verdad,
Tan felices reían todo el día,
No querían nada más..."
"El globo rojo" - Joe Borsani / Oscar Toscano

Fue difícil cambiar de una casa a otra, de una ciudad a otra, de un país a otro. Fue difícil cambiar de hemisferio y aún más de idioma. Cuando eres un niño, los cambios te sobrepasan y no sabes cómo encajar en la nueva vida que te ofrece tu familia "por tu propio bien".

La ciudad era limpia, como en las películas, todos se conocían saludándose al pasar, los edificios de tres o cuatro pisos tenían, en su mayoría, la fachada de ladrillos pintados de diferentes tonos oscuros, azules, ocres, marrones, dándole a la ciudad un toque antiguo. Las tiendas con sus toldos de colores, que se movían con la brisa de la tarde, eran abrillantadas por los rayos del sol que caían sobre ellas. La arquitectura del siglo XIX se lucía por las calles y plazas del lugar donde se veía flamear, sin excepción, la bandera de las cincuenta estrellas. Las avenidas circundadas por árboles le daban un aire de paz, muy diferente a mi antigua ciudad, bulliciosa, gritona, llena de vida. Ya no escuchaba a doña Florencia cantar milongas mientras limpiaba la entrada de su casa ni los gritos de gol de mis abuelos y tíos cada

83

fin de semana ni se olía la carne asada dorada en la parrilla que llenaba con su aroma los pulmones y el corazón.

Todo eso había quedado atrás y, ahora, mi nueva casa, con su techo en punta como casa de brujas y un largo porche de madera bordeado de macetas frente a un gran jardín, era el balcón desde donde observaba la vida. Una gran arboleda existía detrás de ella, así como en las de todas las demás.

Poco a poco me fui familiarizando con el idioma. La televisión me ayudó mucho, más que los niños-vecinos que me miraban extrañados, como un fenómeno, pues no entendían mis palabras ni mis ademanes. Se empujaban unos a otros dentro de mi jardín cuando jugaba con mi pelota como un redondo damero. Mi camiseta albiceleste me quedaba grande, así como el número 10 en la espalda. Intenté pasarles la pelota en alguna ocasión, pero ninguno de ellos supo responder a mi pase. Dudé de que conocieran al Diego.

Pasado el verano, el colegio comenzó.

* * *

Me tenía sin cuidado ir, nadie me hablaba en ese lugar y yo, por alguna extraña razón, no recordaba o articulaba ninguna palabra del inglés básico que conocía pero que era suficiente para comunicarme. Pasé mil penurias ante esos niños pecosos, blancos como la leche y, en su mayoría, rubios o con rizos rojos como el cobre. Las niñas no eran menos crueles, se reían de mí cubriéndose la boca y echándome miraditas furtivas desde los grupos en que se juntaban. Muchas veces me hubiera gustado desaparecer o volverme un dibujo, un muñeco de cómic en un mundo de papel, como la chica de *Take on me*; ese vídeo siempre me había fascinado, no había uno más moderno en 1985.

Me volví un ser solitario, caminar todos los días a casa era mi único entretenimiento. Iba pisando pequeños caracoles que salían del pasto

84

húmedo de los jardines recién regados. Su caparazón quebrándose bajo mis pies, ese crujir tan frágil, me divertía. Al apartar mi zapato, veía su contenido aplastado contra la vereda, triturado y desparramado como una gota espesa que, de vez en cuando, aún se movía. Era un niño, pero la idea de que aquel pequeño charco que se agitaba en el último estertor de vida, fuera lo único restante del cuerpo de alguno de mis compañeros, me hacía contentar al punto de sonreír.

"El globo rojo era mi amigo, a todas partes iba con él, me acompañaba hasta la escuela y a la plaza también…", cantaba aquella canción de añoranza de mi antiguo hogar al regresar a casa bajo el sol de la tarde. Tal vez fue mi soledad, o mi predicamento de niño, tal vez sólo suerte o el deseo inmenso de tener compañía, pero, entre los arbustos de uno de los tantos jardines, un globo rojo con el hilo que lo sostenía estaba enredado en una de las ramas. Bien decía mi madre que a Dios le gusta mucho que le canten, más aún a que le recen, y parecía haber escuchado mi canción.

Desaté el gran globo rojo y lo llevé conmigo anudándolo en mi dedo. Lo amarré en uno de los postes de mi cama, lo miré balancearse en su baile hipnótico. El rojo sol del atardecer se reflejaba sobre su superficie colorada, ensangrentándolo; la luz del día se iba yendo, dejándole paso a la noche y su tenue luz lunar. Mi amigo inflado formaba sombras en la pared que se distorsionaban por su eterno vaivén. Lo miré hasta quedar dormido.

Fin de semana al fin. Me apuré en el desayuno para subir nuevamente a mi cuarto, no quería dejar solo a Rojito y decidí que necesitaba un rostro, el cual pinté con cuidado. Dos puntos para los ojos y una sonrisa larga le dieron vida.

Salí a barrer las hojas del jardín; al recogerlas, veía por momentos cómo su superficie lisa y de látex rojo se asomaba por mi ventana viéndome trabajar. Se movía, su rostro aparecía y desaparecía según su movimiento. Su cara de plumón, frente a mí, brilló cuando sentí el golpe, un fuerte puñetazo en la parte posterior del cuello hizo que cayera arrodillado, reconocí la voz del pelirrojo gordo y de sus amigos; entre golpes, puños y patadas logré ver a Rojito que giraba mirándome por segundos. Huyeron apenas escucharon la voz de mi madre que acudió a mis gritos. Se alejaron vociferando palabras que no entendía con claridad pero sabía que eran insultantes.

Mi madre me acarició, me consoló y con un plato de helado, regresé a mi habitación.

El globo sonaba entre mis dedos al sobarlo con una ligera presión mientras miraba al cielo recordando cada momento de la paliza, cada insulto al que me había hecho acreedor gratuitamente desde que comencé la escuela. El sonido entre mis dedos comenzó a articular palabras, susurros humanos ininteligibles pero que cuando llegaban a mi cerebro tomaban significado. Miré a Rojito sorprendido, giró en mis manos lentamente mostrándome su otro rostro, el de la parte de atrás de la linda sonrisa que yo le había dibujado.

Su boca, afligida, era una línea curva que se torcía hacia abajo en los bordes y sus ojos, como dos rectas oblicuas, iban de arriba hacia abajo completando su cuadro de congoja.

—No estés triste. —Escuché en algún lugar de mi cerebro— ¡Baila! —exigió la voz que flotaba dentro del cuerpo gaseoso de mi amigo. Sin poder contenerme, comencé a bailar, un baile extraño de saltos y piernas levantadas a los lados.

—Y no me digas Rojito —continuó —, ese no es mi nombre.

El lunes siguiente me levanté de buen ánimo, decidí llevar a mi compañero de látex a la escuela. Él me lo había pedido la noche anterior, entre las risas que me causaba por todas las cosas cómicas que me contaba, a él no le gustaban los niños malos.

Canté de nuevo la canción de mi amigo, esta vez acompañado del cassette que se reproducía en mi walkman, "El globo rojo era mi amigo, a todas partes iba con él…" y podría jurar que este bailaba al compás de la melodía mientras flotaba en el aire.

—¿Los quieres ver bailar? —preguntó con su voz inaudible —Bailarán en el aire. —Me ofrecía sonriendo burlonamente.

Mi amigo se quedó afuera esperándome, escapaba de todos los otros niños que querían agarrarlo. Miraba por la ventana cómo iba mi día, siendo testigo de las burlas y palabras soeces que entendía a medias.

Algunos pupitres vacíos eran la prueba de los niños que no habían vuelto, que desaparecían desde hace un tiempo. Mi amigo decía que seguramente no eran buenos. Lamentablemente, ninguno de los crueles faltaba.

Salí, nuevamente tomé el hilo del globo rojo, íbamos caminando hacia la casa cuando unos pasos se escucharon detrás de nosotros, pasos acelerados que intentaban alcanzarnos. Corrí como desaforado, el globo se tambaleaba bruscamente en mi mano, en el aire.

Las piedras llovieron sobre nosotros, mi brazo protegía mi cabeza. Me refugié en el parque, detrás de la estatua del leñador que siempre me había llamado la atención. Me rodearon, las piedras cambiaron de blanco. Una de ellas rompió su piel de látex, el aire se le comenzó a salir mientras mi amigo caía lentamente, lo miraba con las lágrimas que se escapaban de mis ojos sin querer, escuchando las burlas de los críos.

Mi amigo se desperdigó en el piso, el rojo de su cuerpo se deslizó sobre el suelo, se estiró, infinidad de brazos de goma serpearon alargándose en pos de sus homicidas. Los tomaron de los tobillos, escalaron por sus piernas cubriendo sus cuerpos, se pegaron a sus rostros en los cuales se adivinaron las muecas más grotescas tratando de respirar. Su piel roja entró por todos sus orificios, bocas, narices, oídos, anos, ojos fueron invadidos por él. Sus cuerpos cayeron al suelo del parque en un espectáculo dantesco. De repente se comenzaron a inflar, a elevar, giraban y movían sus miembros en un baile estrambótico. Luego, flotaron.

—Todos flotan. —Escuché en mi mente mientras los miraba hincharse cada vez más. Sus pieles ya no aguantaron, se agrietaron, largas bocas se abrieron dejando caer órganos e intestinos triturados, una lluvia de tibia sangre bañó la estatua del leñador dándole a su hacha una imagen asesina. Varias explosiones al unísono acaecieron entonces, aquellos chicos reventaron esparciendo sus miembros a lo lejos. Permanecí sentado en el piso, petrificado durante todo aquel espectáculo.

No volví a ver a mi amigo, mi globo rojo que un día me prometió volver.

***

—¡Cómo vuela el tiempo! —Escucho en mis oídos nuevamente— Y pensar que han pasado veintisiete años. —Un globo rojo, pegado a mi ventana, se balancea al compás del clima ventoso de Derry.

Tania Huerta (Lima, Perú) es editora de Sakra Media Group SAC. Publicó "El Pelado Jairo" en la antología *Horror Queer*, "Aconitum" en la antología *Steampunk Terror*, ambas de Editorial Cthulhu (2018). "Piedra Negra" en la antología *Cuentos Peruanos sobre Objetos Malditos* de Editorial El Gato Descalzo (2018). "Esther" en la antología *Pesadillas II* de Editorial Apogeo (2018). "Amor Eterno" en la antología *Cuentos sobre Brujas* de Editorial El Gato Descalzo (2019). "Polvillo Azul" en la antología digital *El día que Regresamos* de Editorial Pandemónium (2020). Participa como autora invitada en la *Antología en honor a Stephen King* de la revista española El Círculo de Lovecraft con su cuento "Querida Annie" (2020). Compila los libros *Dismórfica* de autores varios y *Códice infame* del autor Carlos Carrillo, ambos de Pandemónium Editorial. Es dueña del Blog Pies Fríos en la Espalda.

Bienvenidos a Kingland

Tery Logan

Miles Simons no tenía éxito con las chicas y eso le acomplejaba mucho. Unos cuantos kilos de más y unas viejas gafas de pasta se habían convertido en su armadura perfecta. Por suerte, el empleo como actor en Kingland —el nuevo parque temático de terror en el que Stephen King había invertido gran parte de su fortuna— le había dado un buen empujón vital a Miles.

Miles Simons pasó a recoger a su amigo Zachary Sanders para llevarlos a él y a su novia, Rhonda Powell, a Kingland. Por ser uno de los empleados destacados del mes, Miles había sido gratificado con un par de invitaciones VIP para la noche de Halloween y no dudó en quién llevaría como invitado: a su mejor amigo, Zach, quien llevaría a Rhonda como acompañante. La pareja se subió al coche y Miles aceleró a tope.

Zachary se liaba un porro con urgencia porque, una vez llegasen a Kingland, le requisarían la marihuana al revisar su mochila. Lo necesitaba para calmar su trastorno de ansiedad crónica diagnosticado meses atrás.

—Nos estás ahumando, Zach —le espetó la joven.

—¡Déjale! Las ventanillas van abiertas… —respondió Miles remarcando una sonrisilla que a Rhonda se le hizo harto incómoda.

—No importa, tío. Ella tiene razón —reconoció Zachary mientras estrujaba el porro en el cenicero del coche.

Zach se giró para guiñar un ojo a su chica quien, por suerte, no se percató de que, a través del retrovisor, Miles la miraba de forma siniestra.

—Adelántanos algo, Miles —exclamó Rhonda con euforia.

—Además de los pasajes del terror de las casas encantadas, habrá muchas sorpresas en las casetas y pasacalles temáticos para celebrar la noche de los muertos. Si se os hace tarde, puedo ofreceros descuentos para dormir en el hotel de El resplandor.

—Pensábamos regresar contigo —apuntó con sorpresa Zachary.

—Imposible. Siempre hacemos horas extras para dejar todo listo para el día siguiente y hoy con más motivo. Nos lo pagan muy pero que muy bien —se jactó Miles. Y, por cierto, dentro no nos dejan usar el teléfono. Así que si tenéis cualquier duda, ahora es el momento.

—Está bien, tío. Cogeremos un taxi.

A Zachary le costaba cada vez reconocer a su amigo. Era como si le hubiera cambiado el carácter de la noche a la mañana.

—¿Queda mucho? —preguntó Rhonda.

Cuanto más se acercaban a las afueras de la ciudad, más cerrada estaba la noche. El camino se retorcía entre curvas imposibles en mitad de la nada. Los neumáticos rechinaban contra la arenisca y las piedras contra las que chocaba en el rústico acceso. Por suerte, los faros de los coches que precedían al de Miles iban alumbrando lo suficiente para que este no se saliera de la carretera.

—Cada vez queda menos, Rhonda —respondió Miles sonriéndola hipócritamente a través del retrovisor.

—Apenas hay iluminación para ser el acceso a un parque temático —remarcó Zachary.

—Sólo cuando el parque pague cuantías de impuestos mucho más elevadas, el estado invertirá en mejorar sus carreteras —argumentó Miles.

Una hilera de coches parados les hizo frenar en seco. Sin esperarlo, un golpe seco retumbó en la ventanilla de Zach. La mano de un Pennywise bastante bien caracterizado espachurraba un cartel de letra grande y subrayada en negrita contra el cristal. "OBLIGATORIOS 50 METROS ENTRE COCHE Y COCHE", rezaba este. El tétrico payaso retiró el cartel, pero su mano ensangrentada golpeaba una y otra la ventanilla de Zach mientras le miraba fijamente. El joven se puso nervioso y comenzó a bajar el cristal.

—Pero, ¿qué haces? —gritó Rhonda mientras agarraba a su novio desde atrás para detenerle.

Pennywise sacó un cuchillo del interior de su abrigo y lo atravesó por el filo de la ventanilla. Zachary trató de subir el cristal pero el payaso le quemó con la mirada.

—Haced caso del cartel y no flotaréis —avisó con voz grave mientras simulaba degollarse a sí mismo.

Acto seguido, Pennywise se dirigió al coche de atrás mientras inflaba un globo rojo.

—Ne… Ne… Necesito fumar —inquirió Zachary totalmente pálido.

—No te va a sentar bien. Mejor toma glucosa —Miles les ofreció un par de bricks de zumo de frutas con el logo de Kingland que tenía en la guantera. También sacó varios paquetes de galletas mini con virutas de chocolate con la forma de Cujo—. ¡Ah! Aquí tenéis las entradas y las pulseras de fast-pass. Dentro no me dejan usar el móvil, así que si tenéis cualquier duda, ahora es el momento —Zachary se bebió dos mini bricks de zumo y engulló varias galletas.— Bebe y come algo tú también, Rhonda. El miedo consume glucosa y nadie sale de Kingland sin haberse mojado los pantalones —La joven obedeció—. Chica buena —concluyó Miles.

Por fin, el coche de delante arrancó. A pesar de la polvareda, se vislumbraba una verja de cinco metros a cada lado que daba acceso al recinto. Atrás dejaban la funesta arboleda y se acercaban a la civilización.

—Ya que vamos despacio, haznos un ruta guiada, tío —pidió Zachary, quien se encontraba mucho mejor.

—Como sabéis, todas las localizaciones y personajes están basados en obras de Stephen King. Podréis haceros fotos en el atrezo así como con los actores, siempre y cuando no sea dentro de la propia atracción. Los compañeros que encarnan a Carrie y Jack Torrance son muy amables con el público. Buscadles. ¿Qué más? ¡Ah sí! Los perritos calientes del puesto de la cocina de la prisión de La Milla Verde traen extra de chili con carne por el mismo precio que en los otros puestos. El hotel de El Resplandor cuenta con una réplica del laberinto del jardín. Tras él, podéis ver un holograma de la Torre Oscura…

Rodearon el instituto de Carrie, el cementerio de animales, la casa abandonada de It con el coche de Christine en su porche. Llegaron hasta un pequeño parking señalado con un cartel de "STAFF".

—¡Me encanta! —exclamó Rhonda.

—Vais a vivir una experiencia inolvidable si cogéis la ruta roja, chicos —sentenció Miles invitándoles a apearse—. Yo me quedo aquí.

—Okey. ¿Te veremos actuar? —preguntó Zach.

—En la roja seguro pero será sorpresa —Miles sonrió de oreja a oreja.

Nada más entrar, un cartel que anunciaba: "BIENVENIDOS A CASTLE ROCK" precedía un gigantesco mapa del parque. Las flechas que trazaban entre sí recorridos de diversos colores indicaban los niveles de ruta disponibles.

—El rojo es la experiencia extrema —indicó Rhonda con preocupación.

—Miles es el que controla de esto. Quizá las otras sean muy flojas para adultos. Ten en cuenta que aquí viene mucho crío. Además, así le veremos actuar...

La ruta roja les dio una brusca bienvenida. Un "Todos flotan" proveniente de los altavoces escondidos entre los matorrales les hizo dar un buen brinco. A ambos lados, globos de color rojo en hileras comenzaban a verse envueltos de una niebla artificial y muy densa que les perseguiría gran parte del camino.

La primera parada del recorrido rojo prometía. Varios animadores con máscaras de animales regalaban marcapáginas ilustrados con la portada del nuevo libro de Stephen King que llevaba por título *El viejo matadero*. A pesar de que Zach se encontraba ansioso y Rhonda mareada, una animadora con máscara de cordero les convenció para acceder a *El viejo matadero*, que recreaba las instalaciones donde tenía lugar la trama del nuevo libro de King con una decoración más que excelente. La mujer cordero les explicó que en aquel lugar los roles funcionaban a la inversa: ellos serían las reses y los animales sus verdugos.

El grupo lo conformaban una familia feliz (papá, mamá e hija adolescente) y ellos dos. Tras cruzar un sangriento hall que apestaba a animal muerto, el actor que interpretaba al vigilante del matadero les dio una serie de instrucciones. En la columna metálica que hacía de consigna debían dejar todas sus pertenencias así como sus móviles, dado que su uso en el interior estaba terminantemente prohibido. Además, les explicó que, de elegir llevar puesto un aro fluorescente, vivirían la experiencia de una forma mucho más intensa.

—Como en toda atracción de Kingland, el objetivo es vivir una experiencia completamente terrorífica —informó el sonriente vigilante mientras alzaba los aros de neón—. ¿Qué me decís, valientes?

La familia feliz rechazó la propuesta. Rhonda tampoco estaba animada pero Zach lo estaba deseando.

93

—Okey, Zach. Hemos venido a experimentar —se rindió Rhonda—. Nosotros sí—afirmó la joven en voz alta dirigiéndose al vigilante.

El hombre hizo los correspondientes honores. Ahora Zach y Rhonda iban marcados como las reses que eran. Al cruzar la puerta, entendieron por qué los aros debían brillar. Todo era oscuridad. El ruido de una motosierra precedió la aparición del gigante hombre cerdo. Su máscara tenía dibujada una cruel sonrisa con dientes afilados. Un delantal lleno de sangre le cubría por completo.

—¡En fila! ¡Y sin rechistar! ¡Vamos, uno a uno de rodillas por dentro de las jaulas! Al que no le quepa el culo ya sabe lo que le espera: ser descuartizado aquí mismo sin ninguna contemplación —dijo el hombre cerdo sosteniendo la empuñadura de arranque de la motosierra con todas sus fuerzas.

La familia feliz encabezó el itinerario iluminado con luces estroboscópicas. Corrían como hámsteres. Zach dejó que su novia pasara primero para cubrirla. Una vez terminaron el itinerario construido a base de jaulas metálicas, Rhonda agarró fuertemente el brazo de Zach. De nuevo, la oscuridad se cernía sobre ellos. Esta vez, se acompañaba de un sonido electrificante de fondo. En un abrir y cerrar de ojos, la familia feliz se escabulló ante sus ojos al continuar por la ruta de los que carecían de aro. Rhonda hiperventilaba y maldecía por su elección. Zach sentía cómo su descompensado latido le golpeaba fuertemente el pecho.

—Esto no me gusta. Me quiero ir, Zach… —sollozó Rhonda.

Un diminuto hombre conejo, vestido con mono azul y delantal ensangrentado les bloqueó el paso.

—Tengo una buena y una mala noticia —aseveró este—. La buena es que atravesar con vida el laberinto no es muy difícil. La mala es que tendréis que hacerlo por separado.

Mientras el hombre conejo se llevaba a Rhonda a la sala de la izquierda, el recién aparecido hombre vaca se llevó a Zachary a la sala de la derecha. Ella chillaba y pataleaba con escasas fuerzas. Él se dejó hacer, simplemente, para que el juego acabara cuanto antes.

A Zachary lo sentaron en un sillón metálico de escasa estabilidad. Sentía que de un momento a otro se iba a desmayar de la altísima presión que sentía en su cabeza. Sudaba a mares. Veía doble... El ruido del esquilador que sostenía el hombre vaca le avisó de lo que vendría. El aparato corría a toda velocidad sobre su cabeza. Zach juraría que le estaban rapando de verdad. Sentía las cosquillas de su cabello caer sobre su cara pero era incapaz de moverse. Los párpados le pesaban cada vez más. Pero lo que vino a continuación le dolió. Ahora el hombre vaca sostenía una enorme cizalla bañada en sangre. El "clac" sobre sus orejas le dejó sin respiración. Otro "clac" en la nariz y sus gritos de dolor se fundieron con los de su amada, provenientes de la sala de enfrente. Zach perdió el conocimiento.

El hombre cerdo se acercó con varias cinchas. Entre el hombre vaca y él, le ataron firmemente mientras le administraban a chorros un líquido coagulante en nariz y orejas. Por último, el hombre vaca sujetó firmemente la cabeza de Zachary y el hombre cerdo procedió a grabar con una máquina tatuadora la frente del chico.

Rhonda no corrió mejor suerte. Cinchada desde el comienzo, había sido sometida a un procedimiento de electrocución en ambos músculos temporales por parte del hombre conejo. Por suerte, Rhonda se había desmayado mucho antes que Zach y, aún inconsciente, percibía cómo golpeaban su cuerpo al mismo tiempo que una humedad densa y fría la recorría por completo.

Zach abrió los ojos. Se encontraba en el interior de un congelador industrial tiritando de frío. Mientras chillaba, golpeó la compuerta de la cámara que, cedió al instante. Caminó arrastrando sus pies de trapo en busca de la salida. No veía nada, así que seguía su intuición. Un destello le dio una pista de por dónde continuar aunque le costó darse cuenta de que se encontraba en un laberinto de espejos. La luz estroboscópica comenzó a reflejarse con máxima intensidad. Los gritos, la sierra mecánica y el zumbido eléctrico a sus espaldas le confundían. ¡Debía encontrar a Rhonda! Zach se centró en buscar los obstáculos. Cada vez que encontraba un espejo, giraba a la derecha para seguir un patrón. Tras unos cuantos giros, por fin había alcanzado el final del laberinto. La luz se aflojó así como su dolor de cabeza. Sin embargo, el hedor que reinaba en la nueva sala hizo que vomitara, manchando sus zapatos y llenando sus pantalones de salpicaduras de jugo de frutas.

La luz proveniente de los fluorescentes del techo hizo que sus pupilas se dilataran. Estaba en una sala de despiece. Piernas y brazos humanos colgaban de decenas de ganchos metálicos anclados al techo. El chirrido de una compuerta metálica le hizo esconderse. Eran el hombre conejo y el hombre cerdo.

—Aquí tienes tu dinero. Puedes contarlo —dijo el hombre conejo.

—Está todo pero no me llames más. Estás zumbado —respondió.

—Márchate y da gracias a que te he dado trabajo —aseveró el hombre conejo con altivez.

Zachary aprovechó el movimiento del hombre cerdo al abrir y cerrar la compuerta para caminar marcha atrás con sigilo. Pronto, su espalda chocó contra lo que pensó que sería otra extremidad pero al girarse, descubrió la cabeza cercenada de Rhonda colgando de uno de los ganchos. Gritó de terror.

El hombre conejo corrió hacia él y descubrió a Zachary aferrado a la cabeza de su estúpida novia. Sin quitarse la máscara, Miles Simons sacó una pistola de corriente y administró un par de descargas en el corazón de su mejor amigo para evitarse posibles problemas en Kingland.

Al día siguiente los titulares de todos los periódicos mencionaban el trágico incidente. El mismísimo Stephen King aseguró que Zachary Sanders recibiría la compensación económica correspondiente, dado que quedaría marcado para siempre por la amputación parcial de su nariz y orejas además de por el tatuaje de su frente que anunciaba un: "soy un cerdo". Sin olvidar, claro está, las secuelas postraumáticas. Por suerte, Sanders había sido hallado por uno de los trabajadores de Kingland: Miles Simons, quien afirmó que Zachary, con quien casualmente había ido al colegio de niño, se encontraba en un severo estado de ensoñación. El joven Sanders había ingerido marihuana así como otras drogas que, posiblemente, le influyeron para colarse en la atracción *El viejo matadero*, que aún no se había inaugurado. Sobre la desaparición de la novia de Sanders, Rhonda Powell, la policía seguiría investigando. Asimismo, King aprovechó para recordar a todos sus lectores que en el mes de diciembre se encontraría firmando ejemplares de *El viejo matadero* en la tienda de regalos de Kingland.

Tery Logan (Madrid, España), es escritora de relato, novela y cuento infantil, además de guionista de cine y argumentista de series de ficción así como dramaturga. Los géneros que más trabaja son el terror, el criminal y policíaco, el drama y la comedia. Además, Tery ha trabajado como diseñadora de salas de escape room y juegos de cluedo en vivo. Sin duda, se trata de una polifacética profesional de la escritura que también es locutora y máster en Criminología y Criminalística. Recibió en 2018 Premio al Mejor Guion Original por su petit film Ma Belle en el festival de cine internacional New York Film Awards. Tras publicar *Relatos de una Logan, ¿Qué piensan los hombres?, Escape Room: el libro, Morir dos veces y Púrpura*, ahora lanza *Memento Mori: relatos oscuros*.

La hija del alba

Solange Rodríguez Pappe

1

—¿Estás segura de que quieres conocer al diablo?

—Sí. Tú sabes mejor que nadie cómo quiero sacarme de encima a mi familia —le dije. Nos adentramos en la boca pestilente del portal. Era una zona empobrecida del centro cerca del embarcadero de mariscos.

En parte era cierto, pero también guardaba la esperanza de que tener más cosas en común con él nos uniría definitivamente.

—Estoy convencido de que no eres de su tipo, Pichón, pero allá tú. Te he traído bajo tu propio riesgo —contestó con displicencia—. Con todo le hablé bien de ti, le dije que eras mala y todas esas cosas. No me hagas quedar en ridículo, por favor.

Después me dedicó esa mirada *padre* con la que me contemplaba a veces, donde le cabía un poquito de ternura.

Picó el intercomunicador con un sonido destemplado.

Contestó una voz dulcísima.

—Te la traigo, —dijo Miguel.

Después el portón que olía a orines rancios se destrabó e ingresamos a la suntuosidad de un envejecido edificio azul que tenía una luz cenicienta de otro mundo.

2

Había conocido a Miguel en el área de traumatismos del hospital. En una de mis crisis yo había saltado por una de las ventanas de casa y caído sobre los parasoles del jardincillo, a pocos metros de la piscina. De haber dado contra las losetas de marmolina, tal vez ya estaría muerta. Me habían tenido que colocar una prótesis para reconstruir la rótula izquierda. La recuperación venía siendo desesperadamente larga y entonces llegó Miguel custodiado por la policía. Él había terminado hecho un amasijo de huesos por el ajuste de cuentas de un mal negocio. Una camioneta lo había estrellado contra el enrejado de una cancha de fútbol y luego tres tipos que habían sido sus socios bajaron a rematarlo a patadas. Fuimos compañeros en la sala comunal y durante las noches hablábamos en voz alta porque debido a nuestros respectivos dolores no podíamos dormir. En lugar de llenarnos de desesperación, conversábamos. Entonces, una de esas madrugadas de mal dormir y él me contó que se le presentó el diablo y que le recompuso los huesos. "Así como te deshicieron, yo te vuelvo a crear", le dijo. Yo le creí. Pasábamos el tiempo de convalecencia con Miguel echándome cuentos de su vida pasada donde había sido un hampón de cuidado, y yo intentado ocultar que fuera de los ataques nerviosos que había heredado de mi abuela, no me había pasado nada que ameritara narrarse.

Cuando salimos del hospital supimos que estaríamos para siempre unidos por nuestras desgracias y empezamos una especie de romance platónico.

Detrás de las capas de dificultad que lo habían galvanizado desde la infancia, Miguel tenía un buen corazón. Siempre contaba historias truculentas en las que él era el protagonista. Yo, en cambio, no hablaba mucho de mí ni de los arrebatos nerviosos en los que golpeaba y mordía. También me daba por abrir los ventanales y lanzar cosas; histerias que venían del lado materno de la familia. En esos días escuché a mis hermanas mayores conversando sobre internarme en un psiquiátrico para evitar hacerse cargo de mí cuando mis padres muriesen. ¿Qué posibilidades tendría yo, patuleca y alucinada? Y sobre entrar a estudiar en la universidad luego de una secundaria difícil, ni hablar. Que me quedara ayudando en casa y pasando el trapo. Sería la pariente loca del ático con la que atemorizarían a mis sobrinos. Entonces contacté a Miguel después de casi seis meses de no saber nada de él y le dije que quería conocer a su amigo, el diablo, para emanciparme de mi familia.

—No creo que le intereses para nada, —me dijo —, pero tienes suerte porque yo recluto. Le voy a preguntar si quiere conocerte. Por si acaso, cuando vayamos a verlo ponte esa camisa roja que tiene estampado el bicho de Megadeth dominando al mundo.

3

—Aquí comienza todo, Pichón, vamos por las escaleras al piso trece.

—¿Es una prueba?

—No, es que jamás funciona el ascensor en este vejestorio.

Mientras subíamos lento por las escaleras de mármol que se me hicieron difíciles por la herida de la pierna con su dolor helado, Miguel me ofrecía con amabilidad su brazo reconstruido con placas de acero, inexpresivo, como era su costumbre. A mis veinte y a sus casi treinta, yo hacía de todo para escandalizarlo y volverme una digna secuaz. Fantaseé mucho con que lo convencía de que huyéramos juntos y dejáramos tras de nosotros una estela de fuego. Lo persuadí de pasar el anterior año nuevo en un hotel barato, bebiendo anisado y mirando porno. Fui yo la que le brincó encima e intentó jalonearle la ropa y besuquearlo llevando sus manos hasta mis

101

senos; después le chupé los dedos y le dije que desde que lo conocía me bastaba pensarlo para ponerme húmeda y cuanta majadería se me ocurrió. Por un momento medimos fuerzas y sentí en sus labios, casi siempre apretados, una devolución.

—No, nos hagas esto, Pichón — me dijo recuperándose con tanta violencia que me tumbó del camastro. — Si alguien va a joderte la vida no voy a ser yo. No sé qué te pasa conmigo pero necesitamos dejar de tontear. Hoy nos alejamos de una buena vez.

4

Cuando Miguel abrió la puerta del departamento gigantesco, vimos que la fiesta por año nuevo del diablo estaba bastante aburrida. Dos chicas flacas sentadas en un sillón se pegaban la una a la otra como si estuvieran muertas de frío; un tipo gordo instalando en una mesa comía *chisitos* y otro muchacho de pelo enmarañado, que era quien ponía la música, danzaba en círculos usando la cabeza como un rotor. Estaba sumido en un ritmo estridente de punk. Miguel me empujó sutilmente con su brazo metálico para que me decidiera a avanzar. El muchacho greñudo dejó de brincar y me miró con ojos desmesurados.

—Han llegado el apóstol renacido y un pajarito.

O me pareció entender que eso decía.

—¿Me inclino o algo? —Le dije a Miguel en un susurro.

—Ese está bien loco, se llama Luigui pero no es el diablo, Pichón.

Y de nuestras espaldas salió, delicado y pequeño, un hombrecito con una cara que podía mirar mil veces y aun así no recordarla jamás. Tal vez lo más relevante era un bigotillo fino como el de un adolescente.

—Ese es el diablo.

No podía ser.

El diablo me correspondió el beso con la mejilla fresca. Nos dijo, con muchísima cortesía, que lamentaba no tener más muebles que ofrecernos porque eran los que venían con el piso.

—Miguel está en su casa —agregó—, él ya sabe dónde está todo.

Yo me senté junto a las muchachas aterridas.

Luego, de la cocina salieron una mujer de unos cuarenta años que sostenía una escoba y tenía el pelo rojo y otra muchacha esquelética que se prendió de Miguel en cuanto lo vio.

—No soy muy buen anfitrión, pero mis amigos han traído cosas para comer, por si deseas.

—¿Eres el diablo de verdad?

—Bueno, el diablo somos muchos. —Y luego añadió —aún no sé si eres digna de conocer mis misterios. Como debes imaginarte, no es cuestión de aparecer y pedir, eso lo hace todo el mundo. Mira, al final del pasillo —y señaló un espacio oscuro, paralelo a la puerta de la cocina— hay un cuarto. En ese cuarto vas a encontrar tu pasado remoto o tu futuro próximo, yo no puedo saberlo. En ese sitio, en algún lugar, está el frasco donde se guarda tu cordura. ¿Estás aquí por eso, o no?

No me dio tiempo a contestar.

—Tráelo y bébelo ante mí. Si después de tomarlo aún quieres tener un acuerdo, yo voy a ayudarte.

Después de cruzar con el corazón en la garganta las tinieblas del pasillo tanteé para encontrar frente a mí el pomo de la puerta y lo giré. Las bisagras sonaron con el chirrido de lo que lleva descansado por muchos años y apareció una habitación que yo podía reconocer muy bien porque había dormido en ella casi toda mi infancia. Ante mí, el bulto huesudo que era el cuerpo de mi abuela, respiraba su pesado sueño de narcóticos en una cama ortopédica.

Me descalcé y empecé a revolver entre los cientos de frascos de medicinas, de perfumes, de cremas agriadas que estaban colocadas las repisas. La luna estaba clara. Demoré mucho más de lo pensado. Tomaba un descanso y me quedaba viendo las formas de los árboles tras la ventana, sus bailes dirigidos por el viento nocturno que me emocionaban. Mi cordura embotellada no estaba por ninguna parte.

En un mal movimiento de mis dedos nerviosos, uno de los recipientes se escurrió y fue a dar escandalosamente al piso. Desde la cama, mi abuela abrió los ojos y me reconoció estirando sus manos escuálidas.

—Pichoncito —murmuró. Su voz era cariñosa. —¿Por qué no estás dormida?

—Ay, abuela —le dije sentándome cerca de su cabeza donde siempre olía a talco y a químicos— Todo está saliendo tan mal. —Y pensé que este momento de nuestras vidas era justo antes de que empezar la verdadera ruina; de que enloqueciera y que tuviéramos que enrejar la ventana porque se desesperaba y quería escapar. Antes de los dolores tormentosos del cáncer. —No encuentro algo que perdí y estoy buscando.

—No lo necesitas —me dijo, consoladoramente.— Mete tu mano entre el colchón y las varillas de la cama y saca lo que encuentres ahí.

Lo hice con facilidad, mi abuela tenía el cuerpo de un pajarito. La punta de un cartón prensado me golpeó los dedos, halé y di con una hoja texturizada rematada por dos firmas que tuve que leer con la claridad de la noche, pegada a la ventana. Los árboles hacían bailes y sus ramas canturreaban con violencia.

No pude contener la carcajada cuando supe de qué se trataba.

—¿Te sirve, Pichoncito?

—Sí abuela, claro que sí.

—Bueno, entonces vete y déjame dormir que estoy muy cansada.

—Te amo, abuela. —Le dije, pero no me respondió.

Lo guardé bajo mi camiseta, sujetándolo con la cintura del pantalón. Me volví a colocar los zapatos y salí para siempre del cuarto donde mi abuela había muerto hacía diez años abandonada por toda la familia, incluyéndome.

6

—No he encontrado mi cordura — le dije al diablo. —Fallé.

Mi interlocutor, alzó las cejas fingiendo contrariedad.

—Lo imaginaba.

Entonces el diablo llamó a Miguel. Lo llamó como quien atrae a una mascota sabiendo que va a venir y Miguel se sacó de encima a la chica que estaba sobre sus rodillas, frotándole la entrepierna.

—Ven—, le dijo.

Y todos en esa reunión nos quedamos contemplando el momento con una tensión indescriptible.

—Miguel es mi muy amado.

Miguel se volvió de golpe el centro nuestros ojos, espléndido en la fealdad de sus cicatrices, con sus piernas desproporcionadamente largas, sus caderas apretadas, su pecho compacto y duro que siempre protegía con chaquetas negras y con parches de bandas de rock. Se desplomó en el piso hecho un revoltijo de huesos quebrados de los que se levantaban montículos de carne. Mi grito se perdió en medio de los otros gritos. Miguel me seguía sosteniendo la mirada con el cráneo aplastado y un ojo a medio salir de la cuenca.

—Y así como una vez lo hice, lo puedo destruir. ¿Comprenden eso todos? ¿Por qué me hacen perder tiempo con estas mujeres ordinarias? Les he pedido que encuentren las mejores almas y me traen una muchacha estúpida y dos criaturas sin sabor. Es intolerable, completamente intolerable. Martha, te entrego los honores, ya sabes lo que tienes que hacer.

Entonces, con una fuerza inusitada, la mujer llamada Martha, que pudo haber sido una vecina cualquiera con sus pantuflas y sus ruleros, me tomó de un brazo y me condujo a tirones hasta el ventanal descorrido por el que brillaba clarísima la luna de finales de diciembre. Me llevó hasta el borde y empujándome con una de sus rodillas me ordenó: —¡Salta, patoja!

Cuando me volví a ver al diablo, yo estaba hecha una furia, una verdadera furia. Ya no recuerdo exactamente qué hice. En ese estado el furor me lleva en peso, pero seguramente le dije que me cagaba en sus maldiciones y que se podían joder él y el resto de los mierditas de esa fiesta patética.

—¡Soy bastante buena saltando, hijo de puta, no tienes idea de a quién estás poniendo a prueba!

Sin esfuerzo me paré en el bordillo del ventanal y seguí maldiciendo, aunque el diablo había perdido el interés en mí. Entonces saqué el

106

pergamino de la parte de atrás de mi pantalón y se lo lancé a la cara haciéndolo volar por los aires, dándole justo en el bigotillo de púber. Esperé conteniendo la respiración a que lo desplegara y lo leyera, aguardando el momento exacto de revelación en sus ojos. Entonces empujándome con ambas piernas y sintiendo una furia infinita salté sin tener ningún instante de duda de que, por su puesto, flotaría.

La rabia era mi hélice. La brisa de la noche se metía por debajo de la camiseta de algodón y me refrescaba. Me sentía hirviendo de pies a cabeza, pero a la vez, también algo dentro de me volvía burbujeante y leve. Trece pisos más abajo, el mundo seguía correteando parecido a como lo hacen las hormigas locas. El diablo, con la boca abierta, no se creía lo que acababa de leer, pero lo que fuese que hubiese realizado mi abuela, por nosotros, en su juventud, o tal vez alguien antes que ella, ya estaba consumado. El resto de los invitados se acercó al ventanal y me miró ascender cielo arriba.

Justo en ese momento empezaron a tronar los primeros fuegos de artificio. Cruzaron tras de mí, parecidos a balas y estallaron altos casi contra la luna. Las luces esparcidas, naranjas, rojas y doradas me encendieron el rostro y me reconfortaron la espalda con su calor. Sonaron alaridos y clamores por el año nuevo. El último en sumarse al grupo de mis adoradores fue Miguel, ya recompuesto, como era mi deseo. Volvía a ser el hombre roto que amaba.

—De rodillas, —ordenó el diablo. Y todos se tumbaron con las manos por delante de sus cabezas, menos una de las chicas quien también intentó saltar para imitarme, pero Miguel la detuvo y la sentó en el piso de un empujón.

Unos minutos después, cuando en la ciudad empezaba ya a extenderse el silencio, me di cuenta de que sentía nauseas debido al vértigo de haber estado sostenida tan alto por tanto tiempo.

—¿Y ahora cómo bajo de aquí?

Miguel postrado, me miró con miedo.

En el rostro del diablo se dibujó una sonrisa preciosa mientras me observaba aún suspendida en el aire con el cabello dibujando extraños signos serpenteantes. Las mortecinas luces tartamudas, eran luminarias anunciando que en el mundo empezaba un nuevo ciclo.

—¡Esplende, hija del alba! — Me gritó con toda la fuerza de su cuerpecito de niño— ¡Qué nunca recuperes la cordura!

Solange Rodríguez Pappe (Guayaquil, 1976) es una escritora interesada en las todas las formas narrativas del relato tanto clásico como contemporáneo y en las historias de corte fantástico y prospectivo. Fue ganadora del premio nacional Joaquín Gallegos Lara al mejor libro de cuentos del año 2010 con *Balas perdidas*. En su producción se encuentran los títulos *Tinta sangre* (2000), *Dracofilia* (2005), *El lugar de las apariciones* (2007), *Caja de magia* (2015), *Episodio aberrante*(2016), *La bondad de los extraños* (2016), *Levitaciones* (2017), *Destruir la ciudad* (2018) y *La primera vez que vi un fantasma* (2018), publicado por la editorial española Candaya. Ha representado a Ecuador en varios encuentros de literatura y numerosas antologías hispanoamericanas. Actualmente coordina el espacio semestral "Es país para cuentistas, reflexiones sobre el relato ecuatoriano", que va ya por su quinta edición, y el grupo de estudio y rescate de narraciones, "Caza de cuentos".

La venia

Marcela Ribadeneira

La oreja del gato, con sus ondulaciones carnosas, es el interior de una ostra que se abre en tirabuzones al mundo. La luz de la tarde entra en la oreja y en los huesos de la escalera de ingreso de la casa abandonada, donde el gato retoza todas las tardes.

Si le preguntan de qué color es el gato a la mujer del edificio café, la del cuarto piso, la que barre el balcón en bata, tal vez diga que es crema, como los pancakes que prepara para sus dos nietas, que no tienen gargantas sino bocinas acústicas portátiles que ponen nerviosos a los perros y a las palomas del barrio. Para el conductor del camión del gas será amarillo, como la luz de los semáforos, como la pintura de los taxis que anidan en las oficinas de la cooperativa barrial. Pero muchos otros ni siquiera ven al gato ni a las palomas ni al conductor del camión del gas ni a la señora en bata del edificio café. Muchos ni siquiera ven las nubes.

Yo los veo porque los busco. Antes del accidente también vivía en este mismo edificio, en este mismo departamento, dormía junto a esta misma ventana, pero era distinta. Mis ojos estaban volteados hacia otro lado.

Con el accidente mucho cambió. Por ejemplo, la forma en que las sustancias entran y salen de mi cuerpo. Una bolsa de colostomía se adhiere a mi costado y me vacía de mierda. Orino por una manguera que se une a mi vejiga y me alimento con batidos farmacéuticos. Comer ya no es un asunto de hambre ni de apetito ni de gusto. Es una transacción; una lista de acciones y movimientos mecánicos, insípidos, desapasionados.

Lo mismo pasa con el sexo —con la masturbación, para ser específica—. Así como mi lengua reconoce el dulzor de la vainilla sintética de mis batidos, así como mi estómago se llena y mi cerebro interpreta ese hecho como saciedad, mis terminaciones nerviosas —tentáculos de un pulpo hambriento, de una Medusa iracunda, un abanico de arterias pulsantes— son capaces de procesar vibraciones y fricciones y convertirlas en placer. Son capaces de darle a mi cerebro la señal para empaparme, y con esa liquidez juegan mis dedos y mis nudillos y la superficie cilíndrica del vibrador que compré online. Pero la ausencia de deseo, de hambre, es una oquedad que tengo abierta desde la garganta hasta el pubis.

Hasta antes del accidente, ser yo era esencialmente ser deseo. Era ser cavidad que buscaba llenarse, pero que trituraba todo lo que la llenaba, era ser hambre permanente. Era deglutir y fagocitar y crear más huecos dentro de sus huecos. Con el accidente se acabó el deseo. Ni los trámites para obtener placer —ni el mismo placer— lo reemplazan.

A través de la ventana absorbo lo que antes no notaba y que atiza las pocas cosas encendidas que aún llevo dentro; como la luz que se zambulle en la oreja del gato y que cambia de colores con la hora del día. O como la lluvia que cae sobre el techo de la casa, fragante y distendida. O como la pareja que después de las 18:30 pasa junto a la casa abandonada. Ella, con el uniforme azul de algún banco y él con un traje de corbata inexacta. Cuando los veo me catapulto dentro de la piel de la mujer y siento los dedos de él rozando los suyos en un entrelazamiento que no aprieta, que envuelve, que en el espacio entre ambas manos sostiene algo que solo existirá mientras dure ese instante, y que por esa delgadísima tajada del día también es mío. Algo que jamás encontraré en la anchura lisa del vibrador o en la piel rugosa de mis nudillos. Mi piel perforada por mangueras se sublima cuando recojo la caminata de la pareja de entre la banalidad y la estridencia del día, cuando me sumerjo en la piel de esa mujer extraña y yo misma vuelvo a ser mujer, a estar encarnada en el mundo del cual el accidente me arrancó.

Con mi encarnación ellos son luminosos, aunque el día esté en remisión y nada valga la pena.

Fue un accidente, lo recalco. Al principio dije algo distinto, no sé por qué. Cuando la inconsciencia menguaba y las luces de la habitación del hospital parecieron estallar, pensé que había querido matarme, pero que no lo recordaba por los golpes, por el shock.

De que me había querido matar estaban convencidas las enfermeras que me lavaban y que me cambiaban las mangueras y los catéteres. Eso también pensaban los doctores que proponían más cirugías y reconexiones, más antidepresivos y ansiolíticos, pero que no eran capaces de darme algo eficaz para el dolor. Ese dolor llegó a ser tan parte de mí como mi sangre, como las estrías en mis caderas y la proclividad a la adicción. Me delimita y me configura. Se derrama por cada centímetro de cuerpo al que mi sistema nervioso tiene acceso, lo usa como su propio aparato de irrigación y aspersión. Ese dolor es mi segundo esqueleto, un parásito de estática —de electricidad negra— que germinó con el accidente, y que ahora es la piel debajo de la piel, la carne debajo de la carne, el hueso debajo del hueso.

La vida del dolor —que disimulo para evitar la incomodidad de los demás— es mi verdadera vida, aunque solo se me revele, en esa forma, bajo la luz tibia que emana de la soledad.

Que me había querido matar también lo pensó él, que me dijo que era una maldita loca antes de que me subiera al auto esa noche; antes de que encendiera el reproductor de música y pusiera a todo volumen una canción que ya no recuerdo. Pero fue un accidente, como decía. Me quedé dormida al volante, me desperté el momento en que las vallas de seguridad de la carretera reventaron el parabrisas —confeti de vidrio lloviendo sobre mi cara— y una oleada de energía y fragmentos de metal se dispersó por la carretera vacía, levantándome por el aire y dejándome tendida sobre el asfalto oscuro. Perdí el conocimiento segundos después y acá, contando esta historia, está lo que quedó de mí.

Yo tomo las puntas de las historias que pesco por la ventana y las libero de la madeja enredada y mugrosa que es la realidad. Si no fuera por mí se quedarían ahí, adheridas al anonimato y a la intrascendencia. La especulación es el único camino que me queda hacia lo que se esconde dentro de los edificios y seres de esta ciudad, hacia las miles de arañas y cochinillas que no existen hasta que las atraviesa mi mirada. Yo soy quien tiene el poder de levantar las piedras y dar paso a la revelación.

113

Vi algo colgando de la boca del gato el día después del alta. La enfermera que venía a cambiar y vaciar lo que había que cambiar y vaciar ya se había ido; el plan era que lo hiciera hasta que mi cuerpo estuviese listo para las reconexiones que tendrían que hacerme los cirujanos del hospital, para los nuevos órganos que conjurarían con el tejido de los que ya no funcionan.

A la hora del almuerzo yo estaba sola en la cama, tomando mi batido, y vi por la ventana una sombra pequeña bajando las gradas del porche de la casa abandonada. Lo que colgaba de su boca alteraba la silueta del gato. Parecía muy pequeño para ser un ratón y pensé que era un pedazo de pan o una salchicha de cóctel. Con el zoom de la cámara de mi celular lo vi. El gato llevaba una oreja en su boca, una oreja humana en la que el mundo y su luz ya no entraban en tirabuzones porque era una oreja arrancada.

Las pastillas, las gotas y los parches que uso para el dolor me entumecen, opacan el mundo, lo vuelven una versión pixelada de sí mismo, con menos información o con información inexacta, como cuando llueve sobre la ventana y una cortina líquida desenfoca rasgos y lava colores. Pero el dolor sigue dando golpes dentro de mí como un tiburón que embiste olas que de repente se endurecen y se convierten en concreto, como un músculo invisible que me atraviesa y que se agita y se retuerce, que manipula los hilos y subyuga a él todo movimiento mío.

El dolor sigue latiendo por debajo de las olas farmacológicas porque el accidente peló mis cables y los opiáceos no son efectivos para dolores inventados por el propio organismo. El dolor sigue latiendo, pero lo que perdura, algo parecido a la lucidez, aún es capaz de cazar. De ver el mundo y levantar las piedras, de encontrar arañas y cochinillas. Lo que vi colgando de la boca del gato era una oreja. Y cuando el gato bajó la última grada y sus almohadillas pisaron el asfalto de la calle, la soltó con una arcada, con una exhalación muda luego de la que se desperezó.

Mi primer impulso fue tomar una foto. Me intoxicaba el morbo de descubrir de qué están realmente hechas las cosas una vez que las costuras revientan y las envolturas se rasgan —y mi barrio ordinario se había rasgado— A todos nos causa placer ver lo que hay debajo de las piedras por más asqueroso que sea.

En la foto la oreja parecía más una papa frita —de funda y sin registro sanitario— que una oreja. Saqué otra foto haciendo menos *zoom in* para preservar más detalles. Cuando mi índice y mi pulgar terminaron de simular una abertura en la pantalla táctil, una en la que cupieran los píxeles necesarios para que la oreja se mantuviera oreja, él entró en el encuadre.

Un hombre de abrigo negro se agachó junto a ella y la observó por unos segundos. Luego de sacudirle la mugre de encima, la metió en su bolsillo –de donde se había caído antes de que el gato la tomara– y subió las gradas de la casa abandonada. Supe que me había visto. Supe que había visto la sombra que, desde el tercer piso del edificio vecino, apuntaba en su dirección con un celular en la mano, porque –sin dejar de darme la espalda– se levantó un sombrero imaginario e hizo una pequeña venia antes de abrir la puerta y dejarse engullir por la casa.

No volví a ver al hombre del abrigo negro por varios días, pero vi otras cosas en la boca del gato como papeles estrujados y colas de ratón. Vi una lagartija, como las de los jardines escolares de mi infancia, como las que los niños desmembraban con compases y reglas, y cuyas partes nos lanzaban a las niñas o escondían en nuestras cartucheras. El gato no la escupió; la vi contorsionarse. La vi romperse entre sus mandíbulas y desaparecer. Imaginé que dentro de la casa, en el patio interno, la hierba brotaba de entre las planchas de roca con la potencia de un géiser, derramándose por los salones aledaños. Imaginé al gato acechando a los pequeños reptiles e insectos que se multiplicaban dentro de esa espesa red, que era como la gran barrera de coral, pero no de coral sino de matas. Imaginé que ese día, cuando el hombre del abrigo entró a la casa, se sentó en medio del patio y miró la vida que había manado a su alrededor. Imaginé que sacó la oreja de su bolsillo y la plantó donde las raíces habían vencido al concreto, que ahora, partido, era una maceta involuntaria. Imaginé que al terminar, el hombre salía de la casa y acariciaba la cabeza del gato mientras buscaba la sombra del edificio de enfrente. Mi sombra.

Para ese entonces las costillas de madera y pulmones de concreto de la casa abandonada traqueteaban por las noches y yo podía oír una risa lejana y ahogada que, en mi cabeza, inevitablemente se maridaba con la imagen de la venia que, de espaldas, él me ofrendó. Era su risa. Y su risa era una efervescencia que entraba en mí con cosquillas y dolor, y yo imaginaba que me arrancaba las mangueras y la bolsa de colostomía y que volvía a ser cavidad que buscaba deglutir, y me alistaba para triturar aun sabiendo que sólo había vacío para llenarme.

En una película que vi hace mucho, un hombre le decía a una mujer que quería abrirle nuevos agujeros porque no le bastaba con penetrarla por los que ya tenía en su cuerpo. Recordé esa línea después del accidente, después de haber visto al hombre del abrigo. La recordaba cuando la casa traqueteaba. La evocaba, sabiendo lo cerca que estaba de ser yo quien le pidiera a alguien eso si sólo hubiese habido alguien cerca.

Y entonces recordé lo que había pasado la noche del accidente, antes de que él me dijera que era una maldita loca y de que yo me subiera al auto y encendiera el reproductor de música. Yo le había pedido algo y él se había negado. No solo se había negado, se había alterado de verdad. Le había susurrado lo que quería probar, le había pronunciado las sílabas despacito y muy claro, colocando mis labios sobre el lóbulo perfecto y carnoso de su oreja. Pero él me dijo que lo que quería era tenderle una trampa y sus ojos fueron fauces que se abrieron. Él creía que cumplir lo que yo le había pedido lo convertiría en un monstruo. Pero él no era ningún monstruo, lo decía gritando y se cernían sobre mí su sombra y su ira, que luego se convirtieron en un empujón que me dejó dos orquídeas moradas en el tórax. Repetía que era un engaño, una broma enferma para que él me lastimara y yo pudiera recibir la atención que tanto deseaba y ser la víctima. No, él no iba a hacerme nada de lo que le pedí. Nunca me dejó explicarle bien en qué consistía lo que le había sugerido, nunca me lo hubiese permitido; su idea de sexo duro era decirme putita mientras hacíamos el misionero.

El deseo me dolía tanto, que solo el dolor intenso lo aliviaba. El deseo me dolía tanto, que todo mi cuerpo se tensaba y latía como la lengua encendida de un dragón.

La pareja de las 18:30 seguía pasando junto a la casa abandonada y mis ojos, puntuales, la recogían e iluminaban. Confeti de algún sentimiento parecido al deseo llovía del otro lado del cristal, inalcanzable. La ciudad continuaba latiendo como un tumor maduro.

En una de esas tardes, el hombre de la venia se paró junto a la casa y miró directamente a mi ventana por varios segundos. Los perros y gorriones del barrio rumiaban una música que se diluía en el aire, entre las notas de la canción del camión del gas y los pasos que algún vecino frenético le imprimía a la losa de la terraza. La calle estaba vacía, no había rastro del gato. Sostuve la mirada del hombre, confeti de algún sentimiento parecido al deseo me irrigaba por dentro. Sostuve la mirada hasta que él metió la mano en su bolsillo y acarició con celo, con morbo, lo que había adentro. Las nubes inflamadas empezaron a descargarse sobre la calle, a recubrir de esferas translúcidas su abrigo, a bombardearlas contra mi ventana. Sostuvimos las miradas mientras fue revelándome, primero, la punta plateada y luego, la vaina de un pequeño cuchillo plateado. Contuve la respiración por lo que pareció mucho. Cuando al fin exhalé, un parche de cristal empañado oscureció mi figura, pero al otro lado del cristal, edificio abajo, un hombre sin oreja alcanzó a distinguir la venia exagerada que le hice, una venia afiebrada y temblorosa que mantuve mientras caminaba hasta la puerta de entrada de mi departamento, mientras giraba el cerrojo para dejarlo sin llave y descorría el pestillo para que, cuando él llegara, pudiera entrar.

Marcela Ribadeneira (Quito, Ecuador). Escritora, periodista y collagista. Ha colaborado con medios como *Mundo Diners, Ronda, SoHo, Gatopardo Ecuador* y *The Guardian.* Publicó los libros *Matrioskas* (Cadáver exquisito), *Golems* (El Conejo), *Borrador final* (Suburbano ediciones) y *Héctor* (Doble Rostro). Sus crónicas y cuentos están en antologías como *Ciudades visibles. 21 crónicas latinoamericanas* (FNPI, RM), *Señorita Satán. Nuevas narradoras ecuatorianas* (El Conejo), *Ecuador cuenta* (Del Centro Editores) y *Ecuador en corto* (Universidad de Zaragoza). En 2016 fue parte de Ochenteros: 20 escritores seleccionados por la Feria Internacional del Libro de Guadalajara como nuevas voces de la literatura latinoamericana. Ha hecho portadas en collage para libros como *Las voladoras* (Mónica Ojeda, Páginas de Espuma), *Sacrificios humanos* (María Fernanda Ampuero, Páginas de Espuma) y *Faltas ortográficas* (Eduardo Varas, CCE).

La Oscuridad inmanente

Gerardo Lima Molina

Una mañana resplandeciente, las ráfagas del aire extienden las nubes por el horizonte, rasgando el mundo en un cuadro perfecto. Ni la más mínima presencia de la Oscuridad. El sol al oriente, levantándose con la fuerza del verano, preparándose para estallar desde su posición en este lado del trópico. Podríamos estar en el Paraíso, de no ser por las sombras carmesíes, por la certeza de que, ni un solo día, ni una hora entera, podremos olvidarnos de la presencia absoluta del Mal.

Una rama cae. Una pareja sale corriendo desde el bosque. No puedo creerlo. No son dos, son cuatro, seis, nueve personas ataviadas de blanco, coronas de hierba en sus cabezas: miembros del culto. ¡Son demasiados! Debieron estar en algún claro, realizando rituales para llamar a sus dioses. ¿Dónde estás, Madre? Ven, atiende nuestro llamado. Estúpidos. La Madre ya no escucha, ahora solo es Papanwá quien percibe el éter en busca de los murmullos adecuados. ¿Hace cuánto de los resplandores en la noche? Nosotros tuvimos la culpa, nosotros fuimos quienes lo llamamos. Un error, sólo eso bastó; no hubo oportunidad de recular. Una vez dimos el paso, aunque no lo pretendíamos, nos sumergimos en las sombras de la soledad.

Algo ha asustado a los miembros del culto, tal vez algún esbirro de Papanwá. Brotan las sombras de entre los árboles, algunas parecen perros, otras son como enormes ciervos, osos, bisontes. Sus formas son apenas visibles, pero la ira es palpable. Se me eriza el vello de los brazos. ¿Qué hago? Debería alejarme de la ventana, antes de que me vean. Pero no me es posible, tengo que verlo, si hay forma de vencer, si hay… el grupo se detiene y realiza una formación, la señal de su fe, la señal de la Madre. Esperan que

121

resulte, que el resplandor brote de sus palmas, de sus cabezas, y la Oscuridad se detenga.

Nada de eso ocurre. Los sabuesos dan saltos enormes hasta alcanzar la garganta de dos mujeres. Las túnicas blancas se tiñen del color prohibido. Los pechos al aire son postres para los monstruos. Los devoran. Trato de forzarme a seguir mirando, pero me aparto tan solo para encontrarme con los ciervos atravesando los cuerpos de los demás. Desgarros, empalamientos, miembros saltando mientras los gritos saturan el ambiente. Con eso me basta. Recorro la cortina, gruesa y oscura, y corro escaleras abajo, hasta el sótano. ¿Tantas criaturas de la Oscuridad para un grupo tan pequeño? Es cierto que ya hace bastantes semanas, incluso meses, que no veía a un grupo tan nutrido intentándolo. Aun así, me parece exagerada su voracidad.

Rezo, pensando en el mundo que palpitaba antes de que la Oscuridad nos llegara, al principio, como un sueño apenas entrevisto, el horror filtrándose a través de nuestros párpados, el rostro de Papanwá en cada uno de nuestros pensamientos. ¿Quién hablaba de él al principio? Ni siquiera existe una documentación clara. No hubo tiempo. Mi abuela aún tuvo tiempo de contarme las leyendas sobre Papanwá, la monstruosidad proveniente de algún otro reino, más allá de las estrellas, o en el interior de nosotros, de todo esto: un mundo dentro del mundo. Ahí habitaba esa criatura, que algunos llamaban Hombre Negro, pero otros simplemente Oscuridad, porque dista bastante de ser un simple humano. Cuando hicimos los experimentos, cuando tratamos alargar lo que no debería ser profanado ni cambiado de modo alguno, le abrimos el paso. Él sintió un cosquilleo que atravesó las distancias insalvables hasta rozarlo. Su olfato nos rastreó a través de los canales cósmicos, y en algún momento atravesó el velo hacia nosotros.

Especular sobre el momento en que apareció, en que irrumpió por primera vez en este mundo, sería una tontería. Papanwá parece estar presente desde los primeros cultos, cuando el hombre miró por primera vez hacia las montañas y los desiertos y las junglas y los bosques, y se dio cuenta de que podía cazar a las grandes bestias. El primero de todos, el Padre de los Animales, tenía una característica singular: cuernos enseñoreando su carácter tenebroso, fuerte, híbrido. Los cuernos eran una señal de Su Presencia. En religiones desconocidas para Occidente proliferaron los rituales que evocaban una enorme serpiente que un día habría de devorar al mundo. Parece que esa profecía ya ha empezado a cumplirse. Del reino Animalia surgió el rumor de una entidad primigenia, y esta poseyó a seres que se convirtieron en los objetos de adoración de ciertos cultos. Bajo el entramado de la santería y la magia, de los hechizos y los rezos a dioses ocultos, la migración de un dios peligroso se hizo palpable, aunque de manera tenue, cobrando la forma de diosas-calacas, de dioses-serpiente, de dioses-vampiros, dioses-hombres oscuros que recorren los caminos de la especie humana hasta encontrar el corazón, nuestro corazón, y entonces arrancarlo con un solo movimiento.

La luz se afianza, aunque sea una bombilla colgada en el techo del sótano. No es, sin embargo, cualquier cosa. El gusano ha pasado, los hombres y mujeres han obtenido su merecido. ¿A quién se le ha ocurrido juntar a más de dos o tres personas en un lugar tan pequeño como un claro, aquí en esta ciudad en apariencia pequeña, pero que aún mantiene una población activa a pesar del aislamiento? Corren rumores por la radio de que incluso la Oscuridad ha atacado a parejas escondidas en las casas desperdigadas por el pueblo. Dos personas, sólo dos personas. ¿Estamos condenados a la soledad?

El radio es lo único que nos aleja de la vida del eremita. Abro una lata de salchichas y las como así, aunque el estómago ruja y me exija un mayor cuidado en la preparación. Ahora no tengo tiempo, tengo que seguir en la búsqueda de frecuencias donde escuche más rumores. Buscar, mediante el código, otra voz que todavía esté en esta zona, al otro lado de la onda y que aún le queden ganas de responderme. Si no es así, como han especulado ciertos emisores, Papanwá se ha quedado sin suficientes presas que cazar. Pronto seremos nosotros, los que nos escondemos bajo los escombros de viejas casas que aún queremos nombrar "hogares", los últimos bocados del Ser Oscuro.

Ya de noche vuelvo a mi guarida y me encierro. Me atrevo a encender un par de velas en la sala. La casa me parece inmensa, habitada por fantasmas, aunque el único espectro sea yo. He prescindido de espejos. A veces me rasuro con el escaso reflejo de una tetera de latón. No necesito nada más. No me interesa verme a los ojos, preguntarme cosas, atisbar en las profundidades de mis miedos. Me basta con el pensamiento y con los sueños. Últimamente han sido más y más. Papanwá es escurridizo. Los sueños nunca son los mismos, puede ser cualquier cosa: un juego de béisbol infantil, la primera vez que besé a una chica, el primer, quinto, decimosexto, encuentro sexual con una mujer por la que albergué sentimientos enardecidos. No importa, la Oscuridad siempre encuentra una manera de filtrarse. En el momento menos adecuado, un hombre se levanta de las gradas, junto a nosotros, debajo de la cama y me lo hace saber. Siempre despierto con un grito atascado en la garganta y la sensación de que no podré volver a respirar.

Desde el ático la vista es muy buena, además de que el ventanuco posee una superficie muy pequeña. De ser necesario, puedo cerrarla sin que nadie ni nada pueda darse cuenta. Además, estoy solo. ¿No es la mejor manera de estar seguro? Estando solo, siendo unos pocos, cultivando una distancia que nos permite seguir con vida. Así que abro con cuidado la persiana, quito los seguros que mantienen la gruesa cortina en su lugar, y aparto las protecciones de madera. Miro hacia afuera: el mundo es una sombra apenas teñida por la luz lunar. Los edificios blancos, los automóviles, carcasas de insectos dejadas una temporada atrás. Apenas hay movimiento, luces. Los animales siguen sus correrías. Pronto serán ellos, y no nosotros, quienes reclamen estos parajes. De cierta forma, me da gusto. Lo merecen más.

Frente a mí, unas casas más allá, en la calle paralela, percibo el atisbo de una luz. Una ventana iluminada; supongo que también es el ático. Voy por el telescopio, quiero espiar cualquier movimiento. Mi estómago está agitado, me sudan las manos. No he tenido contacto con nadie en muchos meses. Incluso llegué a pensar que ya todos habían abandonado esta población; así habría seguido de no ser por la correría de hace unas horas, a plena luz del día. Allá afuera, el vacío parece apretujarse hasta estar demasiado cerca de mi propia cara. Pero parece que alguien habita la casa vecina, alguien que no se prepara para realizar rituales a favor de la Madre. O al menos no lo hace al aire libre.

Espío la ventana. Las siluetas bailan con la luz de la vela. Estoy seguro, aunque sin conocer la razón, de que su habitante es una mujer. Una mujer joven. Quizá, alguien que conozco.

Le cuesta articular las palabras. Una herida en la garganta. Sé que puede escribir, pero no la fuerzo a que me relate sus experiencias. Me basta con verla aquí, tan cerca. Días tuvieron que pasar para hacerme entender, para realizar movimientos tan lentos y precisos como me fue posible, y así no asustarla. Una corazonada me llevó a seguir probando las frecuencias abiertas del radio, buscando, sin delatar mi posición, a cualquiera que estuviera tan solo como yo y quisiera compartir un poco de su vida. Ella estaba ahí también, del otro lado. Era más que una coincidencia, era una línea que seguía y que nos conectaba, nos hilaba en un destino que debía ser compartido. Entonces la invité a entrevistarnos, a vernos, en un lugar neutral, en su casa, donde se sintiera segura.

Fue difícil. No porque tuviera miedo de mí, sino de la Oscuridad y su cacería.

A primera hora de la mañana me aventuré a cruzar la calle, cubierto con la ropa de camuflaje suficiente, un cuchillo y una cantimplora. Ella me esperaba en la puerta. Iba armada con una ballesta pequeña. Yo alcé las manos y le mostré el lugar donde estaba el cuchillo. Podía tomarlo de la pernera. Quería que me viera, que estuviera segura de que no había nada que temer, al menos no de mí.

No me quitó nada, pero me instó a permanecer cerca de la puerta, por si la Oscuridad descendía, por si su olfato llegaba hasta nuestros cuerpos cercanos. Nos atrevimos a estar juntos una hora completa, después regresé a casa. Al día siguiente lo volvimos a intentar. Esta vez una hora y media. Fue más difícil separarnos. Ella me contó sobre su familia, lo que hacía en su vida anterior. Parecía que nada de eso importaba, pero lo seguía haciendo. Había trabajado toda su vida haciendo el aseo en casas ajenas. Primero en su propio país, y luego aquí, cuando migró, buscando mejores oportunidades para su familia. Ninguno de ellos había sobrevivido a la Oscuridad. Su familia… necesitaba reunirse, sentir el calor, la charla que se extiende por la madrugada entre los humores del alcohol y la comida. Sólo ella quedó porque huyó a los bosques cercanos, porque sus pies fueron más rápidos que el movimiento deslizante de las sombras. Quizá, la Oscuridad ya estaba saciada aquella noche.

¿Lo recuerdas, cómo empezó todo?, le pregunté, y ella me hizo un gesto afirmativo. Había dolor en ese movimiento, pero también un impulso más fuerte, las ganas de reconocer lo que ella era, lo que todos nosotros habíamos sido. Una investigación, la pretensión de alcanzar las estrellas monumentales y un planeta habitable, tan parecido al nuestro, que nos pudiera albergar en unos cuantos años. Las enfermedades no menguarían, ni los virus ni la contaminación ni la pobreza ni el cambio climático. La única manera, habían decidido algunos hombres reunidos en las salas de los institutos de investigación más importantes del mundo, era dejar este mundo.

Si ahora estuvieran vivos y se atrevieran a mirar las ruinas de estas ciudades, ¿qué harían? ¿Se darían golpes de pecho? ¿Clamarían por justicia divina? ¿Le pedirían a la Sagrada Madre que intercediera por ellos? Tocamos el abismo, la Oscuridad, y ella entró en contacto con nosotros. Por buscar en el exterior aquello que se encontraba dentro, al lado, bajo nuestros pies.

Primero, la Oscuridad barrió las ciudades, después, las concentraciones menos populosas, hasta que los grupúsculos se perdieron en apenas aldeas, en apenas supervivientes, en solitarios cazadores que han olvidado todo rastro de conexión social, de amistad, de amor.

A Papanwá lo trajeron del sur, eso dijeron los cristianos acérrimos, los que defendían la exploración del Cosmos, pues así lo quería Dios. Lo único que debía hacerse era congregar a sus partidarios, a los "morenos venidos del sur" y sacrificarlos a las bondades de la Homilía Cósmica, y todo se resolvería. Pero Papanwá observaba. Y la concentración de tantos dispuestos para el sacrificio provocó que se estrecharan los canales, y que él bajara como el Gusano Celestial que es para quedarse en nuestra Tierra. No sería nunca más una cacería, batidas salvajes venidas de entre el polvo estelar. Ahora él habitaría con nosotros.

Comenzó el sacrificio, pero Papanwá no discriminaba, porque Papanwá era el padre negro, porque Papanwá es el padre de la muerte.

Ella calla. Duelen las palabras y los recordatorios. Duele la voz silenciada y la vida que no volverá a ser de nuevo. Así que la invito a cenar. Esta vez no serán salchichas de lata. En la despensa aún tengo insumos para un par de cenas decentes. Nos atreveríamos a pasar la noche juntos. No sólo nuestros estómagos rechinan de necesidad. Me mira como si fuera su hermano y su protector; o tal vez, si nos lo permite la Oscuridad, seré su compañero.

Nos acostamos en un jergón, en el ático, con la cortina echada y los postigos puestos. Entro en ella ansioso, y me escurro por su piel como si quisiera devorarla. Ella responde y sentimos que estamos seguros, que Papanwá nunca se atreverá a molestarnos, pues no somos dos sino sólo uno que se funde con el barro y la carne y la sustancia más sutil que habita en algún lugar de nosotros.

Ella calla, sudorosa y exhausta, mas yo no puedo. He tomado mi libreta de apuntes, y extiendo las tapas sobre el suelo mientras mantengo la pluma sobre la hoja. No escribo una crónica, estoy consciente de ello. Lo que hago es una estupidez, pues escribo una novela para nadie, una que tan sólo los ojos de Papanwá leerán. Después de todo, él será el único que quede, serpenteando en esta tierra yerma. Como he dicho, es una tarea estúpida, pero es curioso, porque, pese a todo, no siento que sea una pérdida de tiempo. Con la otra mano, la izquierda, busco la piel de ella y mientras rozo sus rodillas, adivino su nombre con mis yemas para escribirlo también en la libreta.

Gerardo Lima Molina (1988, Tlaxcala, México) es licenciado en Relaciones Internacionales por la UPAEP y actualmente cursa la Maestría en Literatura Hispanoamericana por la BUAP. Ha colaborado en publicaciones como *Playboy* México, *LETRARTE*, *Ritmo* y *Tierra Adentro*. Fue becario del PECDA (2014 y 2018) y del FONCA en su programa Jóvenes Creadores (2016-2017), además del programa INTERFAZ (2018). Es autor de *Ya no hay tokiotas* (ITC, 2016), ganador del Premio Estatal de Poesía "Dolores Castro 2014", y *Cosmos nocturno* (Tierra Adentro, 2018), ganador del "Premio Nacional de Cuento Breve Julio Torri 2018".

Espejo del alma

Carolina Herrera

La mañana de domingo en que a Tomás Peniche le robaron su imagen, los escasos rayos del sol invernal colándose por las ranuras de la persiana desdentada, que de milagro aún colgaba de la ventana, no sirvieron para despertarlo. Tampoco olía a café. El horror de una pesadilla lo expulsó de su estado de somnolencia y en ese instante recordó que, ahora que su relación con Catalina había terminado, tendría que preparárselo él mismo. Bernardo, un compañero de trabajo, le había permitido quedarse en el departamento que compartía con dos amigos en lo que encontraba algo permanente. El viejo edificio, ubicado en un barrio que no veía mejores días, olía a madera podrida y a humedad, y aunque el lugar no era la gran cosa, por lo menos había un sofá donde tirarse a dormir. Catalina lo había acusado de haberse convertido en un fantasma y era cierto. Sus largas jornadas como asistente de enfermería en cuidados intensivos no eran nada comparadas con las que ahora tenía que pasar en la unidad de COVID, limpiando vómito, sangre y mierda. Había semanas en que, con tanto enfermo, no había tiempo de volver a casa y cuando lo hacía, en lugar de empatía, Catalina lo recibía con reclamos y exigencias. Ella era su propia unidad hazmat: antes de tocar nada tenía que encuerarse, lavar la ropa y bañarse. "Pinche loca". El día anterior, al llegar a casa, descubrió que su llave no entraba en la chapa de la puerta principal. Las dos maletas viejas que contenían sus cosas estaban cubiertas de nieve. Tenía quince días de no dormir ahí.

Se levantó con dificultad, pues le dolía todo el cuerpo, sobre todo las manos. Adormilado, se echó agua en la cara y se miró en el espejo un buen rato. Notó dos pequeños rasguños en la mejilla derecha que empezaban a desaparecer bajo el salpimentado vello facial, y en el cuello de la camisa una manchita roja, casi imperceptible. Debía cambiarse antes de salir a buscar

129

algo de desayunar, pues en ese lugar lo único que sobraba eran cucarachas, y parecía que Bernardo y sus compañeros vivían exclusivamente de cerveza y papas fritas. Dios sabía que no tenía problema con los pinches jotitos poliamorosos, pero ¡ni siquiera un bote de café instantáneo!

Tomás recorrió la calle principal sin prisa, tratando de orientarse en misión de reconocimiento. Había pocos establecimientos abiertos, la mayoría vacíos. Otros, más jodidos, ya habían perdido la batalla contra el virus. Cerrado hasta nuevo aviso. Cerrado por COVID. Cerrado. Cerrado. Cerrado. El barrio exhalaba cansancio y desolación, como cada rincón del hospital al que tendría que regresar al día siguiente. Las tripas le rechinaban cuando se topó con el restaurante. Las paredes verdes y las barras fluorescentes que lo iluminaban le daban al pequeño lugar un aspecto aséptico, y salvo un hombre sentado al fondo del lugar con lentes oscuros y una cachucha del Overlook Hotel, "El Catemaco" estaba vacío. Se instaló en una de las cuatro butacas pegadas al ventanal que daba al callejón. Una mujer obesa de ojeras profundas se acercó a él, le entregó el menú y, sin preguntarle, le sirvió una taza de café.

—Me adivinaste el pensamiento —le dijo Tomás mirándola a los ojos, notando ahora los pelos retorcidos que le subían por el cuello, y pensó que solo podían ser el principio del horror bajo el tapabocas. Ella ya se había acostumbrado a dar asco y sin darle importancia, sacó su libreta y le mostró una hoja: ¿Qué va a ordenar? Tomás, más confundido que apenado, le dijo lo que quería, señalando el menú, asumiendo que también era sorda. La mujer asintió, se dio la media vuelta y desapareció tras la puerta que daba a la cocina. A los pocos minutos, apareció con el plato de chilaquiles y el jugo de naranja que Tomás había ordenado, atacándolos tan pronto los tuvo enfrente. La noche anterior se había cansado de tocar la puerta, pero la muy estúpida había olvidado que la ventana trasera no estaba atrancada. Ella no podía echarlo así nomás, como si fuera un perro. "¡¿Quién se creía esa puta?!" Mientras atacaba los chilaquiles, veía el rostro de Catalina enrojecido de coraje, gritándole que se largara, que lo odiaba y luego sus manos de enfermero sobre piel, apretando. La mesera se acercó con la jarra de café humeante y rellenó la taza. "Qué bueno está el café", pensó y lo saboreó, sosegado. Una vez satisfecho, le pidió la cuenta. Al ofrecerle la tarjeta de crédito ella apuntó a un letrero en la puerta de la entrada: CASH ONLY. —¿Tienen cajero automático? —preguntó, fastidiado. Ella movió la cabeza en gesto negativo, sacó su libreta, escribió unas líneas y le mostró la nota. "Tienda de antigüedades a dos cuadras. Me deja sus Ray Bans".

—¿Mis Ray Bans? ¡No, señorita, estos lentes cuestan 150 dólares! Además, son de aumento, sin ellos no puedo leer de cerca. Impávida, le extendió la mano, exigiéndole la prenda. Tomás no se iba a pelear con una muda. Sería mejor resolver el asunto por las buenas y sin protestar, le entregó los lentes y salió del lugar.

El letrero en la puerta de la tienda de antigüedades decía CLOSED, señalando que abrían a las 12:00. El reloj marcaba las 11:50. "¿No habrá otro cajero por aquí?", pensó mientras sacaba el celular. La aplicación de mapas mostraba el cajero más cercano a milla y media. El viento soplaba y podía sentir el vello de la nuca erizándose por el frío. Se ajustó la gorra de la chamarra y, con las manos en los bolsillos, miró por la ventana; quizás habría alguien adentro. Los objetos amontonados en el aparador bloqueaban parcialmente la vista hacia el fondo de la tienda, donde se alcanzaban a ver anaqueles y mesas de todos tamaños exhibiendo aún más objetos, pero ni una sola alma. Tocó la puerta mientras se asomaba por la ventana y entonces creyó ver algo moverse, una sombra deslizarse al fondo de la tienda. Tocó más fuerte, dos, tres veces más, sin éxito. Miró el reloj: 11:52. Quizás Bernardo le podía echar la mano. Sacó su celular y le envió un mensaje de texto. [¿Andas por ahí? Necesito 20 dólares en cash para pagar la cuenta en El Catemaco]. "Ha de estar dormido el muy huevón", pensó. Esperó a que dieran las doce, volvió a tocar y, sin obtener respuesta, con los ojos llorando de frío, decidió regresar al restaurante.

Tomás entró e inmediatamente abordó a la mesera, comunicándole su frustración. Ella le indicó que se sentara y le sirvió un café. Aceptó, no sin antes pedirle sus Ray Bans para poder leer en el celular. La mujer desapareció tras la puerta y regresó con el periódico. Esta vez, Tomás se fijó en la placa con el nombre pegada a la blusa.

131

—¿No me tienes confianza, Wendy? La mesera lo miró extrañada y movió la cabeza de un lado a otro. Tomás volteó los ojos, ajustó su posición a la distancia en que podía leer sin lentes y se llevó la taza de café a la boca. "De verdad qué bueno está el café", pensó, dándole otro sorbo. Un chasquido lo sacó de la lectura; era el hombre de la cachucha que se había levantado y, al hacerlo, había abierto un bastón. No había notado que era ciego. Al pasar junto a Tomás, el hombre se tropezó y se apoyó en él tratando de estabilizarse.

—Discúlpeme, por favor.

—Ningún problema —le contestó, con poca sinceridad, pues había derramado un poco de café sobre la mesa. Tomás tomó un montón de servilletas del dispensador y las colocó sobre el café derramado. Luego miró al ciego caminar hacia la esquina, cruzar la calle guiado por su bastón y pensó en los enfermos, en los incapacitados, tan vulnerables, tan indefensos. Vio sus rostros contorsionados por el dolor, la desesperación o la impotencia, y sus manos de enfermero sobre sus cuerpos.

Al volver a la tienda, el letrero en la puerta decía OPEN; tomó el pestillo y al abrirla se escuchó el sonido de una campanita. Entró. A su derecha, un mostrador donde reposaba una caja registradora antigua mostraba un letrero: PURCHASES UNDER $100 CASH ONLY. Caminó por el pasillo central que dividía la tienda buscando a algún empleado. El lugar estaba vacío. Al fondo se apreciaba la escalera al segundo piso. "Apuesto que el cajero automático está allá arriba". Caminó hacia allá, mirando juguetes, mesas, banquitos, adornos hechos de diferentes materiales, máscaras, pero sobre todo muñecas. Las había de todos tamaños y épocas. Sintió sus caritas hermosas sobre él, algunas resquebrajadas, otras percudidas, todas mirándolo con ojos muertos. Pensó en Catalina y en los enfermos, los viejos, los paralíticos, los que apenas podían respirar, intubados. Indefensos.

Salvo un enorme espejo recargado contra una pared, en el segundo piso no había nada. No podía dejar de admirarlo. Era enorme y vertical, montado en un marco tallado a mano con una inscripción en latín ("Speculum ex animo"), bajo un círculo con un punto en el centro. Una luz diáfana proveniente de un tragaluz en el techo lo envolvía en partículas que flotaban a su alrededor, dándole un toque espectral. Parecía estar vivo. Entonces lo vio. Era el ciego o, mejor dicho, su reflejo. Hizo un esfuerzo por trazar con la vista la línea desde la superficie del espejo hasta el punto donde se encontraba el hombre, esperando toparse con él, pero no lo logró. Su búsqueda terminó donde había comenzado y al volver al punto de inicio, ya no estaba. Habiendo olvidado por completo su objetivo inicial, se acercó al espejo e instintivamente, movió los brazos. Su reflejo no lo decepcionó: hizo exactamente lo mismo. Observó su rostro cansado, las ojeras oscuras —hijas de la falta de sueño y el estrés—, las líneas alrededor de los ojos y las entradas en la frente augurando la calvicie de su padre y entonces lo vio de nuevo. Esta vez dentro en el espejo, parado frente a él, como si fuera su reflejo. Tocó la superficie con la mano, tratando de alcanzarlo y el ciego hizo lo mismo. Lo último que sintió ante de desmayarse fue su cuerpo desmoronarse, como si estuviese hecho de sal.

Se incorporó sin saber cuánto tiempo había pasado. El espejo se erguía frente a él y lo miró. Éste le devolvió su imagen. Entonces movió los brazos de arriba a abajo, pero su reflejo no le correspondió el gesto. Estaba mirándolo con ojos confundidos, hasta que poco a poco la confusión se transformó en alarma. Vio cómo su cabeza se movía de un lado a otro tratando de encontrar algo. No sabía qué. Su imagen comenzó a palpar la superficie del espejo con desesperación; la vio gritar. Era un grito mudo que sólo él podía escuchar. "¡Sá-ca-me-de-a-quí!" Él, su conciencia, estaba afuera y su imagen ahora ocupaba el lugar donde había estado el ciego. Tocó el espejo, creyendo que, al hacerlo, recuperaría lo perdido. La descarga lo noqueó de nuevo. Cuando volvió en sí, Tomás trató de mantener la calma. Su trabajo como enfermero lo había preparado para el manejo de crisis. Debe haber una explicación completamente lógica. Una especie de bruma que no admitía luz había brotado dentro del espejo, y aunque todavía podía ver su imagen, ahora aparecía un poco más alejada de la superficie. Desde las tinieblas del espejo, su reflejo extendió el brazo hacia él, hacia su conciencia, y en sus ojos leyó la sentencia. "Aquí no hay nada".

133

Tenía que volver al restaurante. Salió de la tienda sin saber cómo. Revoloteó con los copos de nieve flotando en una danza coreografiada por el viento helado que no sintió. Escuchó las voces de la gente en sus hogares, algunas peleándose, otras amándose, algunas sufriendo, otras muriendo. En el restaurante, la mesera tomaba café sentada en una de las butacas mientras leía el periódico. "¿Le habría echado algo al café?"

—¿Wendy? ¡¿Me escuchas?! ¡Wendy!

Wendy sacudió la mano como si una mosca la estuviera molestando. Tomás pensó en la noche anterior. No era posible que esto le estuviera sucediendo a él. Lo de anoche pasa todo el tiempo. Parejas que no se entienden, que pelean. Relaciones que terminan, algunas más abruptamente que otras… El espejo. El símbolo del círculo y el punto. El principio y el fin. El todo dentro del todo. Eterno. Entonces, de la puerta del fondo salió el ciego caminando sin bastón, subiéndose la cremallera y se sentó frente a Wendy. ¡Traía puestos sus Ray Bans! "¿Qué no estaba ciego?" Wendy no se inmutó. El hombre la miró desde su puesto y le sonrió.

—Gracias por ayudarme, Wendy. Lo logramos.

"¡¿Qué logaron?! ¡¿Qué me hicieron, desgraciados?!" Nadie escuchó los gritos de Tomás. Wendy no sintió los golpes que le propinó en la cabeza con los puños. Tampoco vio las manos de Tomás apretándole el cuello al hombre con desesperación. Su furia se escurrió entre las ventilas de la calefacción, convirtiéndose en aire seco. Wendy tomó la libreta, garabateó unas palabras y se las mostró al hombre. "¿Qué viste en el espejo cuándo recuperaste la vista?". El hombre cerró los ojos antes de hablar.

—Una mujer con sangre en el rostro, apenas respirando. Otra intubada, sus dedos penetrándola. Manos tocando partes femeninas. Mujeres que no pueden gritar o moverse. Este hombre odia a las mujeres.

"¡Yo no las odio! ¡Ellas me odian a mí! ¡Mentira! Les gusta. ¡A todas les gusta que las toquen!" La furia de Tomás explotó en una brisa que apenas hizo temblar la taza de café que el hombre se había llevado a la boca,

134

derramando unas gotas sobre la mesa. Instintivamente, Wendy tomó una servilleta y la limpió, mirando en su dirección. Luego escribió algo en la libreta y se la mostró al hombre. "¿Te dijo cuántos me faltan?" Éste se ajustó la cachucha, volvió a cerrar los ojos y la tomó de las manos.

—Vanidosa. Alimentaste fantasías y no intelecto. Esclava del espejo. Ochenta y ocho almas por tu belleza.

Al terminar de decir esto, el hombre salió del trance y la soltó.

—Lo siento, amiga.

Wendy lo miró con ojos muertos, hizo un apunte en la libreta y, por última vez, se la mostró: "No mires lo que no debes".

El hombre sonrió, se levantó haciendo un gesto a manera de despedida y salió del lugar al tiempo en que Bernardo entraba. Tomás vio a Wendy abordar a su amigo con la jarra de café humeante en la mano. El delicioso café. De nada servía gritar.

—Estoy buscando a un amigo… —le dijo mientras le llenaba la taza sobre la mesa y le acercaba el menú. Wendy lo invitó a sentarse y miró a Tomás, a través del humo del café que se levantaba sobre la taza.

Carolina Herrera (Monterrey, México) es licenciada en Ciencias Jurídicas por la Universidad Regiomontana (1989). Máster en Escritura Creativa, Universidad de Salamanca (2019). Ha publicado dos novelas: *#Mujer que piensa* (El BeiSMan Press, 2016) que obtuvo el primer lugar en la categoría Mejor Primera Novela del International Latino Book Award, y la más reciente, *Flor de un árbol raro* (El BeiSMan Press, 2021) que presenta en el festival. Ha participado en varias antologías: *Ni Bárbaras, Ni Malinches* (Ars Communis Editorial, 2017), *Palabras Migrantes, 10 ensayistas mexican@s en Chicago* (El BeiSMan Press, 2018), *Lujuria* (Editorial Abigarrados, 2019) y *Féminas* (Ars Communis Editorial, 2021). Es miembro del Consejo Editorial de El Beisman. Oradora TEDx. Cuando no está escribiendo, Carolina es directora de servicios globales en Interprenet, una compañía de servicios lingüísticos que proporciona interpretación simultánea remota para conferencias y reuniones virtuales en todo el mundo. Carolina vive en Naperville, Illinois.

Otros Títulos de
Editorial Raíces Latinas

Raíces latinas, (2012)
Exiliados (2015)
El azul del Mediterráneo, un viaje ancestral (2019)
Mirando al sur (2019)
El fuego en la niebla (2019)
Las hermanas Alba (2020)
Los abrojos del bien (2020)
Cuentos del Norte, historias del Sur (2021)